MONOGRAPHIE

DE

L'ÉCOLE BRAILLE

MONOGRAPHIE

DE

L'ÉCOLE BRAILLE

MONOGRAPHIE

DE

L'ÉCOLE BRAILLE

RÉPUBLIQUE FRANÇAISE

LIBERTÉ. ÉGALITÉ. FRATERNITÉ.

DÉPARTEMENT DE LA SEINE

MONOGRAPHIE

DE

L'ÉCOLE BRAILLE

A SAINT-MANDÉ (SEINE)

La Société d'Assistance pour les aveugles repousse la mendicité
et protège le travail. — Bas-relief de Daniel Dupuis.

PARIS

IMPRIMERIE LAROUSSE

17, RUE MONTPARNASSE, 17

1899

M. Alphonse PÉPHAU.

Fondateur de l'école.

MONOGRAPHIE

DE

L'ÉCOLE BRAILLE

1883-1898

L'École Braille, créée pour faire de l'aveugle indigent valide un être utile à lui-même et à la Société, l'éduque, l'instruit et le prépare, suivant son aptitude individuelle, à l'exercice d'un métier manuel.

CHAPITRE PREMIER

HISTORIQUE

Le fondateur de l'École, frappé de l'état d'abandon et d'isolement dans lequel l'aveugle était laissé, constitua, le même jour où la première pierre de la clinique nationale ophtalmologique était posée (9 mai 1880), avec l'aide de puissants amis et sous le haut patronage de républicain illustres, une société : « la Société d'assistance pour les aveugles (1) ».

Il se proposa, sous leur égide, d'ouvrir des écoles maternelles et primaires spéciales aux aveugles, des ateliers ou maisons de travail, des hôpitaux, des hospices, d'augmenter le nombre des pensions viagères servies par l'État, les départements, les communes, d'attribuer des prix, des médailles, des diplômes aux auteurs d'écrits, de mémoires, d'inventions relatifs à l'amélioration du sort des aveugles.

Il voulait, en un mot, fournir, sous toutes les formes, aux aveugles valides et invalides un appui moral et matériel.

Il avait surtout pour principal objectif, la suppression de la dégradante mendicité chez cet infirme qu'il voulait utiliser.

Cet immense programme réclamait de nombreux concours, des dévouements éprouvés, des collaborateurs d'élite.

Il comportait surtout des ressources financières assurées.

Le fondateur s'adressa d'abord au public et, dès le début, des milliers de

---

(1) Conseil d'administration de la Société : MM. Waldeck-Rousseau, sénateur, ancien ministre, *Président ;* Dr Goujon, sénateur, *Secrétaire ;* Dr Vincent Laborde, membre de l'Académie de médecine, *Trésorier ;* A. Péphau, *Directeur ;*

Louis Chambareaud, conseiller à la Cour de cassation ; Louis Barthou, député, ancien ministre ; comte Clauzel, conseiller-maître à la cour des comptes ; Paul Deschanel, président de la Chambre des députés ; comte A. Féry d'Esclands, conseiller-maître à la cour des comptes ; Émile Forichon, Premier président de la cour d'appel de Paris ; Charles Mazeau, sénateur, ancien ministre, Premier président de la Cour de cassation ; Raymond Poincarré, député, ancien ministre : Ferdinand Sarrien, député, ancien ministre ; Mesdames Marie Loizillon, inspectrice générale honoraire des écoles maternelles ; Richtenberger, *membres.*

souscripteurs de tout ordre, de tout rang, de toute classe s'inscrivirent sur les listes.

Les dons, les cotisations, les souscriptions des riches se confondaient avec l'obole du pauvre et la contagion du bien gagnait de proche en proche.

Les ministres de l'Intérieur, des Finances, des Travaux publics, de l'Instruction publique, les élus de nos assemblées, Sénat, Chambre des députés, conseillers généraux et municipaux, les hauts fonctionnaires de nos administrations publiques, les gouverneurs et administrateurs des grands établissements d'État avaient, des premiers, donné l'exemple.

L'œuvre prenait vie avant de naître : son avenir était assuré et il suffira de mentionner les noms de Gambetta, de Victor Hugo, de Sadi Carnot, de Félix Faure, membres fondateurs de la Société, pour légitimer et expliquer la confiance, la ténacité convaincue qui animaient et animent encore le directeur de la Société d'assistance.

Ce grand élan constaté, le ministre de l'Intérieur qui avait fait à la Société le grand honneur d'en accepter la présidence (1) arrête, le 4 août 1881, les statuts provisoires qui régiront la Société en attendant sa constitution définitive.

Léon GAMBETTA.

Phot. Et. Carjat.

Relevons les dispositions de l'article premier qui précise le but poursuivi :

« Une Société d'assistance pour les aveugles est établie à Paris dans le but de « soustraire à la mendicité le plus grand nombre possible de ces infortunés. »

Et parmi les moyens d'action spécifiés :

« Création d'ateliers ou maisons de travail. Un atelier type sera organisé à « Paris, dès que les ressources de la Société le permettront. »

Ces statuts, soumis le 28 juin 1882, en assemblée générale, aux membres fonda-

____

(1) M. Charles Lepère.

teurs, sont adoptés par acclamation. Dans cette réunion, M. le président Charles Lepère démontre la nécessité d'entrer dans la période active.

Prenant les renseignements que fournit la statistique de France (1876), il rappelle que les aveugles français sont au nombre de 31.631 ; que, sur ce nombre, 25,000 au moins sont indigents et que 2,000 environ seulement sont secourus par l'Hospice national des Quinze-Vingts.

« Il reste donc, dit-il, 23,000
« aveugles qui n'ont d'autres res-
« sources que celles qui leur vien-
« nent de la commisération pu-
« blique, qui ne vivent que de
« mendicité ; pour ainsi dire aban-
« donnés de tous, plus misérables
« (*parce qu'ils ne peuvent être nui-*
« *sibles*) que les pauvres aliénés à
« qui le soin de la sécurité publique
« assure un asile et du pain.

« Il y a donc dans l'assistance
« des aveugles une lacune considé-
« rable et profondément regrettable.

« Nous avons pensé qu'il ap-
« partenait à l'initiative privée d'es-
« sayer de la combler et de complé-
« ter, ou du moins de développer,
« dans de grandes proportions, une
« œuvre d'humanité à laquelle l'État
« ne peut fournir que des ressour-
« ces si manifestement insuffisantes.

« Que fait, en effet, l'État pour
« l'aveugle ?

« Il ne s'en est point occupé
« jusqu'ici avant qu'il ait atteint

Ch. LEPÈRE, Ministre de l'Intérieur,
Premier Président de la Société d'assistance pour les aveugles.

« l'âge de dix ans. La loi du 28 mars 1882 (art. 4) lui fait maintenant une obligation « de s'inquiéter plus tôt de son instruction et de son éducation ; mais à partir de « six ans seulement. . . . .

Et plus loin, M. Charles Lepère conclut ainsi :

« Eh bien, si l'État fait si peu, ou ne peut faire plus, — car il faut bien compter « avec les nécessités budgétaires, — il est urgent que l'initiative privée vienne aider « l'État dans l'accomplissement d'un devoir qu'impose le sentiment de la solidarité « humaine.

« C'est à ce sentiment du devoir social que nous avons voulu obéir en essayant « de créer une « vaste Société d'assistance pour les aveugles » dont le but est de

« soustraire à la mendicité le plus grand nombre possible de ces infortunés, en
« leur assurant des moyens de travail et des secours suffisants. »

 Le directeur de la Société insiste à son tour pour bien poser les termes du problème que la « Société d'assistance pour les aveugles » se propose de résoudre.

Le berceau de l'École à Maisons-Alfort.

 Dans cette même assemblée générale du 28 juin 1882, il reprend
et expose le thème. Il ne veut pas
de ces ateliers fréquentés par des
mendiants de profession qui n'en
sollicitent l'entrée que dans un moment de gêne ou de découragement.
Il lui faut des assidus, des fidèles.

 « Il est indispensable, dit-il,
« que l'atelier fasse un producteur,
« un ouvrier définitif et nous ne
« réussirons dans cette tâche qu'à la
« condition de n'y admettre que les
« jeunes, que ceux qui voudront
« comprendre qu'ils ne doivent de-
« mander leur pain qu'à leur seul
« travail.

 « Le nombre des jeunes est
« considérable.

 « Au-dessous de l'âge de quinze
« ans, il y a en France plus de
« 4,000 aveugles.

 « C'est à cette catégorie qu'il
« faudra ouvrir nos ateliers. C'est
« à ces enfants qu'il faudra tout
« d'abord penser pour faire des
« ouvriers qui n'abandonneront pas
« l'outil que vous leur aurez appris
« à manier, pour devenir ou croire devenir de riches mendiants et toujours des inutiles.

 « C'est à cette catégorie qu'il faudra aussi ouvrir l'école. La loi du 28 mars
« dernier, article 4, astreint obligatoirement l'enfant aveugle à suivre l'école pri-
« maire.

 « Et en France, il n'y a pas de maîtres, pas d'institutions pour l'enfant aveugle âgé
« de moins de dix ans !

 « Persuadé que vous approuveriez ma conduite, je me suis mis en relation avec le
« directeur de l'Enseignement primaire au ministère de l'Instruction publique, avec
« le préfet de la Seine, avec plusieurs de nos conseillers municipaux pour obtenir des
« subventions et des secours.

« Quand cette première école fonctionnera, elle trouvera certainement des imi-
« tateurs. »

Cet exposé ayant reçu l'approbation unanime des membres composant l'assem-
blée générale, le directeur, confiant dans l'avenir, installe, le 1er janvier 1883, ses
deux premiers élèves à Maisons-Alfort où douze boursiers de la Ville de Paris et
du département de la Seine viennent bientôt les rejoindre (avril, mai, juin, juillet, sep-tembre 1883).

L'École ne tarde pas à être connue du grand public, à s'attirer des sympathies et des encouragements. Pa-tronnée officiellement par le Conseil munici-pal et par le Conseil gé-néral, elle a le rare bonheur de rencontrer dans leurs commissions un rapporteur (1) pas-sionné pour le bien, convaincu, entraînant,

Ph. Et. Carjat.
Victor HUGO.

Jean MACÉ.
Fondateur de la *Ligue de l'Enseignement.*

dont la généreuse ambition sera d'associer Paris et le département à cette œuvre de
relèvement. Soutenue par notre grand poète national, par le fondateur de la ligue de
l'Enseignement, Victor Hugo et Jean Macé écrivent les lettres suivantes :

Paris, le 1er juin 1884.

A M. A. Péphau. — « Monsieur,

« Vous avez fondé une institution pour les enfants aveugles.
« Je ne puis vous dire à quel point m'émeut la réalisation de cette pensée.
« Je vous envoie ce que j'ai de meilleur dans le cœur.

« Victor Hugo. »

Mouthiers, 23 août 1885.

A. M. A. Péphau. — « Monsieur le Directeur,

« J'aurais été heureux d'accepter l'invitation dont la Société d'assistance pour les
« aveugles a bien voulu m'honorer, et de venir présider la distribution des prix de
« l'École Braille.

____

(1) M. Henry Marsoulan.

« Le souvenir que j'ai gardé de ma trop courte visite à vos chers enfants suffirait
« pour me donner un vif désir de m'associer à la distribution des récompenses méritées
« par leurs efforts et de rendre un témoignage public d'admiration aux résultats
« obtenus par le professeur hors ligne que vous avez trouvé.

« Des engagements pris me retiennent ailleurs.

« Je laisse à M. le député Journault, vice-président de la ligue, qui me rempla-
« cera, le soin de leur dire quel intérêt leur institution inspire à tous ceux qui la con-
« naissent et quelle importance ils attachent à leur développement. C'est un devoir de
« solidarité sociale qui s'impose à tout homme de cœur que celui de tendre la main
« à ces pauvres déshérités pour les aider à monter à la lumière, à la vraie lumière, à
« celle que perçoivent les yeux de l'esprit.

« Le gouvernement de la République, qui a tant fait pour les écoles du peuple, doit
« une sollicitude toute spéciale à l'École des aveugles. Sans être autorisé à parler en
« son nom, je suis certain d'être son interprète fidèle en donnant à votre Société l'as-
« surance de son appui en toute circonstance. L'œuvre qu'elle s'est choisie est bien
« mieux qu'une œuvre d'utilité publique, c'est une œuvre de devoir social au premier
« chef, incombant de droit aux pouvoirs publics. Ils ne sauraient trop faire pour sou-
« tenir, dans l'accomplissement de leur tâche, les auxiliaires qui se sont mis d'eux-
« mêmes à leur service.

« Recevez, Monsieur le directeur, avec tous mes souhaits de prospérité pour
« l'École à laquelle vous êtes si entièrement dévoué, mes bien sympathiques salu-
« tations.

« JEAN MACÉ. »

A ces encouragements si chaleureux viennent se joindre des envois d'argent de
donateurs, de bienfaiteurs connus et inconnus qui n'attendent pas que la « Société
d'assistance pour les aveugles » soit reconnue d'utilité publique, soit devenue capable
de posséder, pour l'inscrire sur leurs testaments :

M. Louis Tremblay, décédé le 30 mai 1884, à Auteuil, lui lègue par son testament
olographe du 15 juin 1880, la somme de cent mille francs ;

Mme veuve Peyrol, née Marie-Louise Binet, décédée le 2 avril 1886, à Auteuil,
celle de quatorze mille francs ;

Mlle Augustine-Alexandrine Musset, décédée le 27 mai 1891, à Hyères (Var), celle
de six mille francs ;

M. Auguste-Savinien Simon, décédé à Maisons-Alfort le 14 octobre 1888, celle
de mille francs ;

Mlle Louise Krier, décédée à Roanne le 10 août 1894, celle de quatre mille francs ;

Mlle Marie-Julie-Françoise-Renée Simon, décédée à Paris le 14 janvier 1898,
66, rue Basse-du-Rempart, celle de trente-quatre mille francs.

Enfin, le nombre des pupilles de l'École s'élevant chaque jour, l'installation à

Maisons-Alfort est déclarée insuffisante dès la fin de l'année 1884. Transférée à Paris, 152, rue de Bagnolet, le 1er janvier 1885, elle grandit encore. et, à ce point,

que la « Société d'assistance pour les aveugles », voulant perpétuer son œuvre, donne le 11 décembre 1885, tous pouvoirs à son Directeur pour choisir l'emplacement définitif de la maison, et pour offrir sa création à l'État ou, à son défaut, au département de la Seine.

L'accomplissement de ce projet ne tardait pas à se réaliser.

Des délégations officielles du Conseil municipal et du Conseil général se rendent à l'École Braille

DEUXIÈME INSTALLATION. — Paris, rue de Bagnolet, 152.
Réception, par le fondateur et le personnel de l'École, de M. Henry Marsoulan.

le 9 juillet 1886. assistent aux exercices des classes, parcourent ses ateliers embryonnaires, étudient les méthodes qui y sont appliquées ; elles y reviennent le 22, et y

tiennent en présence de M. Sarrien, ministre de l'Intérieur, un langage qui facilitera plus tard la tâche de l'administration supérieure.

M. le Ministre déclara, « qu'il était émerveillé des résultats obtenus » ; assura l'École de toute sa sollicitude, promit d'étudier la question et sollicita, comme un honneur, de faire partie du conseil d'administration de la « Société d'assistance pour les aveugles », et M. Sar-

DEUXIÈME INSTALLATION. — Vue des ateliers embryonnaires.
Séance de jeux libres.

rien donna immédiatement, publiquement, des gages de ses bonnes dispositions.

A la distribution des prix de l'Institution nationale des jeunes aveugles qu'il préside le 30 juillet, le ministre s'exprime ainsi :

DEUXIÈME INSTALLATION. — Vue de la façade extérieure.
Départ pour la promenade.

« Il est encore, à l'heure ac-
« tuelle, sur notre terre de France,
« plus de trois mille enfants aveugles
« qui, comme vous et moins favorisés
« que vous, restent dans une ignorance
« absolue.

« Et cependant, la loi du 28
« mars 1882, en édictant que l'in-
« struction serait obligatoire pour les
« enfants de six à treize ans, n'a fait
« d'exception ni pour les sourds-muets,
« ni pour les aveugles.

« Elle a dit simplement qu'un rè-
« glement spécial déterminerait les
« moyens de leur donner l'instruction
« primaire.

« Cette disposition de la loi de 1882
« demeure, pour les aveugles, comme une promesse de délivrance prochaine. Elle
« constitue pour l'État un engagement qu'il ne peut
« méconnaître et qu'il saura exécuter.

« Vous êtes, mes chers enfants, atteints par une
« misère imméritée ; vous avez droit à une sollicitude
« particulière. Quelles que soient les difficultés de
« l'heure présente, qui seules ont retardé jusqu'à ce
« jour la réalisation de la pensée généreuse contenue
« dans la loi de 1882, vous pouvez compter, pour
« les surmonter et les résoudre, sur la générosité des
« Chambres françaises qui n'ont jamais reculé devant
« aucun sacrifice pour assurer le développement de
« l'instruction publique.

« Nous allons nous mettre à l'œuvre ; nous allons
« étudier et préparer ce règlement qui vous a été promis
« et qui sera la charte de l'émancipation des déshérités
« de la nature. »

Phot. Th. Truchelut et Valkman.
M. SARRIEN,
Ministre de l'Intérieur.

Malheureusement pour les aveugles de France, le budget de l'État n'était pas en mesure de tenir les promesses de M. le Ministre de l'Intérieur, et M. Sarrien quittait la place Beauvau sans en avoir pu réaliser l'exécution.

Mais le Conseil général veillait. — Il avait reconnu l'utilité, la nécessité d'une École ; il avait compris qu'il ne faut pas se contenter de doter l'aveugle d'une instruction, même de la plus brillante, d'un métier où il se sera montré habile, s'il ne peut s'en servir pour suffire et à lui-même et à la famille qu'il se sera créée.

Il avait compris qu'il fallait armer fortement l'aveugle, lui enseigner non un métier, mais trois, quatre; qu'il fallait créer à côté de toute école d'aveugles « l'atelier asile », où, quelle que soit sa condition sociale, le pauvre trouvera un logement gratuit, un atelier commun, un dépôt de matières premières propres à son industrie, un comptoir de vente pour l'écoulement de ses produits.

Il avait compris que, de cette manière, l'aveugle se rendra indépendant et qu'il aura sa vie matérielle assurée.

Aussi décide-t-il, le 22 novembre 1886, que le département prendra entièrement à sa charge l'École Braille avec son atelier asile, qu'il en fera sa chose et qu'il se substituera entièrement à la « Société d'assistance », sous la condition expresse que le fondateur de la Société, fondateur de l'École Braille, continuera à diriger, à administrer sa création et que ni lui, ni la Société ne cesseront de s'intéresser à sa prospérité, à son avenir; puis, par une délibération spéciale, prise dans la séance du 29 mars 1887, il ratifie la décision du 22 novembre 1886, et, le 1er mai 1887, la Société d'assistance fait cession officielle de sa création à M. le Préfet de la Seine, se réservant de consacrer cette cession, le mois suivant, dans une cérémonie publique.

Eugène SPULLER.

Deuxième président de la Société d'assistance pour les aveugles.

La date choisie fut celle du 17 juin, jour fixé pour l'assemblée générale annuelle des membres de la Société qui avaient à confirmer (art. 5 de leurs statuts) par un vote, les actes de leur directeur et du bureau du conseil d'administration.

La réunion se tint dans la salle des fêtes de la mairie du IVe arrondissement. Elle était présidée par le président de la Société, M. Eugène Spuller, ministre de l'Instruction publique, ayant à sa droite M. Léon Donnat, conseiller général de la Seine, délégué spécialement par le Conseil général pour le représenter; à sa gauche M. Lionel Laroze, représentant le ministre de l'Intérieur, retenu par ses devoirs au Sénat.

« M. Léon Donnat, après avoir félicité la « Société », de la grande œuvre qu'elle
« poursuit, déclare que le Conseil général de la Seine se trouve très honoré d'être associé
« à ses efforts. Il assure le président de la Société, M. Eugène Spuller, que l'École ne
« périclitera pas entre les mains du Conseil général, et que cette promesse sera d'autant
« mieux tenue, qu'elle s'adresse aujourd'hui à un président qui a l'honneur d'être le
« ministre de l'Instruction publique.

« Le Conseil général se souviendra que la « Société » ne cherche pas seulement à
« faire de ses pupilles des élèves instruits; qu'elle tient principalement à les doter chacun
« d'un métier manuel, qui assure, autant que possible, leur vie.

« Vous venez par votre vote unanime, ajoute M. Donnat, de ratifier la délibération
« du 25 février 1887, nous saurons, nous, conseillers généraux, nous hâter de remplir
« toutes les formalités administratives. Nous voulons que l'École s'ouvre à tous les
« petits enfants aveugles et nous n'hésiterons pas, si le local actuel ne le permet pas,
« à en chercher un plus vaste pour les abriter tous. »

M. le président Spuller remercie M. Léon Donnat et le charge d'être son interprète
et celui de l'assemblée entière, auprès de ses collègues du Conseil général et du Conseil
municipal qui veulent s'attacher à réaliser le programme tracé par la « Société »
pour que tout aveugle valide ou invalide ne soit plus un abandonné.

« La « Société d'assistance », dit le président, M. Spuller, — la preuve en est faite
« aujourd'hui, — ne poursuit pas une chimère en réclamant pour tous les aveugles de
« France, pour tous les infirmes valides et invalides, un asile, une école, un atelier. Elle
« fait œuvre sociale, œuvre de justice, en cherchant à rapprocher l'aveugle du voyant
« pour en faire son égal, en lui procurant du travail et en lui permettant de dire que,
« malgré ses misères, il arrive à assurer son existence, à briser ses chaînes, à se
« proclamer libre.

« Les chœurs de M. le baron de la Tombelle, dit en terminant M. le Président, vont
« vous faire entendre une cantate, *Délivrance,* composée par MM. Paul Delair et
« Théodore Dubois.

« Cette cantate deviendra le chant des aveugles, leur chant de reconnaissance, leur
« chant de libération, leur hymne, lorsque l'État, les départements, les communes, les
« auront arrachés au servage de la mendicité pour en faire des citoyens utiles à eux et
« et à la communauté, des ouvriers, des producteurs. »

Nous croyons nécessaire d'en reproduire ici la seconde strophe pour que l'on
puisse porter un jugement sur l'œuvre de Paul Delair et sur la précision de la pensée
rendue par le poète :

> Gloire aux grands cœurs qui, sur notre ombre
> Et notre misère penchés,
> Patients, nous ont arrachés
> A l'ignorance encore plus sombre !
> Dans nos mains, lasses de prier,
> Dans nos mains, lasses de se tendre,
> Ils ont mis des yeux pour apprendre
> Et des outils pour travailler.

Le succès remporté par les artistes éminents, tous gens du monde, qui composent
les chœurs de M. le baron de la Tombelle fut immense, et M. Théodore Dubois, qui
avait bien voulu les diriger, reçut avec sa modestie accoutumée les félicitations de
M. le ministre de l'Instruction publique, de M. le délégué du Conseil général et de
tous les assistants.

Les élèves de l'École (le plus âgé avait quatorze ans), qui avaient déjà fait montre,
dans des exercices publics, de leurs connaissances en arithmétique, en géographie,
en histoire, aux Quinze-Vingts les 10 août 1884 et 26 août 1885, à la mairie du

XXᵉ arrondissement, le 15 février 1885, firent admirer leur talent naissant sur le piano et recueillirent les applaudissements unanimes de l'assemblée.

Ils étaient ce jour-là 59; à la fin de l'année, le nombre des pupilles du département s'élevait à 73, et il fallait, comme l'avait promis M. Léon Donnat, puisque le local de la rue de Bagnolet n'en permettait plus le développement, en chercher un plus vaste pour abriter les nouveaux candidats et faire entrer définitivement dans la voie pratique, le programme du fondateur, programme qui fut, à nouveau, soumis aux délibérations du Conseil général par M. le Rapporteur Gaufrès. (Rapport nº 7, délibération du 21 novembre 1887.)

Après de nombreuses recherches, le Directeur jeta son dévolu sur une Institution de Saint-Mandé, l'Institution Ancelin qui était devenue libre. (Rapport du 18 décembre 1888, nº 15 au Conseil général. — Délibération conforme du 24 décembre 1888.)

Située à proximité du bois de Vincennes, dans un milieu très salubre, ses bâtiments,

Saint-Mandé. — Installation définitive. Cour d'honneur de l'École.

aménagés pour recevoir dans les dortoirs 150 élèves, possèdent des classes aérées, des cours suffisantes. On s'y trouve à proximité d'une station de chemin de fer et de la barrière de Paris.

Les communications de toute nature y sont assurées.

De plus, il paraissait possible de s'étendre dans l'avenir à droite et à gauche, sans avoir à supporter de trop lourdes dépenses.

Ces différentes conditions donnant toute satisfaction au Conseil général, on se mit en rapport avec les propriétaires de cet immeuble; on le loua avec promesse de vente et on en prit possession le 1ᵉʳ janvier 1889.

Le 7 avril suivant, le président de la Société, M. Spuller, alors ministre des Affaires étrangères, ayant à ses côtés le commandant Chamoin, représentant M. le Président de la République, procédait avec M. Poubelle, préfet de la Seine, avec MM. les Conseillers généraux Allaire, Gaufrès, Lefèvre, Marsoulan, Paulard, etc., etc., et avec les Directeurs des services de la Préfecture de la Seine à l'inauguration officielle de l'École à Saint-Mandé.

Des discours importants furent prononcés à cette occasion et chacun s'y félicita de voir l'œuvre poursuivre méthodiquement la route qu'elle s'était tracée.

Le ministre des Affaires étrangères, après avoir visité avec tous les invités le « nouvel immeuble, rappela que « tous les efforts de la Société, tous ceux du

3

« Conseil général et de sa commission de surveillance tendaient de plus en plus à
« l'amélioration du sort des infortunés d'hier, des heureux d'aujourd'hui.

Il ajouta : « Péphau veut avec nous tous élever l'aveugle à la dignité d'homme
« ne devant son existence qu'à son travail et à lui-même; il voudrait, avec nous, que
« l'exemple donné par l'École Braille
« fût suivi dans la France entière et,
« ne se contentant plus d'ouvrir des
« écoles, des ateliers, il réclame des
« salles d'asile pour les tout petits,
« des hôpitaux pour les malades cura-
« bles, des hospices pour les invalides.

« Toutes ces œuvres, dit le mi-
« nistre, s'accompliront, j'en ai la
« ferme assurance. Elles s'accompli-
« ront parce que nous savons pour-
« suivre le bien sous toutes ses formes,
« élever jusqu'à nous les humbles, les
« infirmes, les petits, et que la grande
« âme de Gambetta qui vit toujours
« au milieu de nous, nous soutient et
« nous réconforte. »

Et, en effet, les organisateurs, le
fondateur de l'École continuent à aller
de l'avant. Le Conseil général, toujours
large, toujours généreux pour ceux
qu'il veut soutenir, assister, vote chaque
année des ressources nouvelles. Il installe dans la cour du sud un immense
préau qui servira à la fois de salle de
réunion, de salle de fêtes, de salle de
gymnastique. Les ateliers qui existaient
à peine dans le local de la rue de Ba-

Sadi CARNOT.
Président de la République.

Phot. Pierre Petit.

gnolet, où ils occupaient, confondus, la même salle, peuvent à Saint-Mandé être
répartis, divisés par nature de métier.

Mais ces améliorations ne sont que provisoires et ne répondent pas aux nécessités
quotidiennes. Les hommes de bien qui se sont voués à l'œuvre du sauvetage de l'aveugle
découvrent chaque jour de malheureux petits aveugles, des oubliés, des abandonnés.

Soutenus, excités par les sympathies, les encouragements, le concours de
tous, celui des pouvoirs publics et de la presse, ils vont, l'année suivante, le jeudi
27 mars 1890, recevoir un témoignage d'encouragement plus éclatant encore.

M. Sadi Carnot, président de la République, honorait ce jour-là de sa visite l'École
Braille.

A deux heures. dit le procès-verbal rédigé par la commission de surveillance, M. le Président de la République. accompagné du général Brugère et du commandant Chamoin de sa maison militaire. entrait dans la cour d'honneur.

Il était reçu à la descente de voiture. par MM. Poubelle. préfet de la Seine, Lozé. préfet de police. Carriot. directeur de l'enseignement primaire. Le Roux. directeur des affaires départementales. Viguier. président du Conseil général de la Seine. Darlot. président du Conseil municipal de Paris. de nombreux conseillers généraux et municipaux, Gaufrès. président de la commission de surveillance et de perfectionnement de l'École Braille. Alexandre Lefèvre, secrétaire. Chaumeil, Marsoulan. Péphau. Rischmann. Stupuy et Mlle Toussaint. membres de ladite commission. le conseil municipal tout entier de Saint-Mandé. le personnel de l'École et de nombreux invités.

Le service d'ordre était dirigé par M. Grimal. commissaire de police.

Après la présentation. M. le Président. conduit par M. Péphau, s'est dirigé vers le grand préau de gymnastique où l'attendaient les élèves revêtus de leur uniforme et groupés sur l'estrade qui avait été élégamment décorée pour la circonstance par les soins de la Ville de Paris.

Les maîtres et maîtresses entouraient leurs élèves.

A l'entrée du Président. les enfants ont chanté la *Marseillaise*, puis des chœurs divers dirigés par leurs professeurs, et soutenus par une artiste de talent qui prête toujours gracieusement son concours à l'École.

Général BRUGÈRE.

Les chœurs terminés, un jeune ouvrier s'avance sur le devant de l'estrade et lit au Président le petit compliment suivant :

« Monsieur le Président,

« Les élèves et ouvriers de cet établissement me chargent de vous remercier « du grand honneur que vous nous faites en venant visiter notre maison.

« Instruits par nos bienfaiteurs, nous n'ignorons pas que votre sollicitude s'étend « sur les humbles, les petits et les malheureux. Malheureux! nous ne le sommes plus « depuis que le Conseil général de la Seine veut bien nous permettre de ne plus « connaître les privations et les misères. Humbles. petits, nous cesserons de l'être « si, profitant des leçons que nous recevons dans nos ateliers. nous savons nous « assister nous-mêmes. devenir utiles à la Société.

« Aujourd'hui, notre ambition est de mériter vos encouragements si vous nous « en jugez dignes. »

« Soyez assuré que la date du 27 mars 1890 restera à jamais gravée dans nos cœurs.
« Vive le Président de la République ! »

M. Carnot, très ému, a embrassé le jeune ouvrier et l'a assuré qu'il saurait se souvenir de tout le bien que l'on fait dans cette maison sur laquelle le Conseil général de la
Seine concentre tous ses efforts.

Enfants et ouvriers en costume de gymnastique.

Puis, le Président s'est prêté, avec la meilleure bonne grâce, à l'inspection des
classes et des ateliers.

Il a admiré les cartes en relief de géographie et d'histoire qui sont la création de
l'École, et il s'est déclaré émerveillé par le savoir des jeunes élèves.

Le plan en relief de Paris avec le lit de son fleuve, ses ponts, ses grandes artères,
boulevards, avenues et rues, ses principaux monuments, ses promenades et squares, ses
bois de Vincennes et de Boulogne, a tout particulièrement retenu l'attention du Président, qui a voulu s'assurer si les élèves savaient s'y diriger.

« Pourriez-vous, mon jeune ami, a dit M. Sadi Carnot à l'un d'eux, me montrer
« la route que j'ai suivie pour venir de Paris à votre école?

« — Oui, M. le Président.

« Vous êtes sorti de l'Élysée par la droite. Là, vous avez pris l'omnibus Saint-Phi
« lippe-du-Roule Gare de Lyon; vous avez parcouru la rue du Faubourg-Saint-Honoré,
« tourné à droite dans la rue Royale, à gauche sur la place de la Concorde; suivi toute

« la rue de Rivoli et la rue Saint-Antoine pour aboutir à la place de la Bastille et
« y prendre le tramway Louvre-Vincennes.

   « Ah! M. le Président, j'ai oublié un point!

   « — Mais non, lequel?

   « — En montant dans l'omnibus vous avez dû réclamer au conducteur une corres-
« pondance... »

Une succession de caresses fut la récompense bien méritée par le jeune et intelli-
gent géographe.

Dans les ateliers, le Président a assisté aux leçons d'apprentissage données aux
élèves et a tenu à se rendre compte du temps employé par les ouvriers pour confectionner les objets divers : paniers, filets, paillassons, chaises cannées et paillées,
couronnes de perles.

Il a voulu connaître le quantum de salaire obtenu.

Il s'est fait expliquer le fonctionnement de l'École et a parfaitement compris que
le but poursuivi par les créateurs de l'œuvre était la suppression de la mendicité chez
l'aveugle et son accession à l'établi.

M. Péphau a fourni d'autres explications de détail qui ont vivement intéressé le
Président.

Pendant ces explications, les enfants avaient eu le temps de quitter leur uniforme
et de revêtir le costume de gymnastique.

Placés à la file les uns des autres, chaque enfant ayant en main l'anneau de la
ceinture de celui qui le précède, les élèves, sous la direction de leurs professeurs, ont
exécuté les mouvements d'ensemble, les exercices de plancher et d'appareils avec
une régularité parfaite. Aux leçons commandées ont suc-
cédé les jeux libres : sauts à la corde, traction et luttes,
saut de mouton, danses en rond, etc.

M. le Président n'a cessé de témoigner sa surprise et
son admiration, et quand il a été dans la cour d'honneur,
reprendre sa voiture pour rentrer à Paris, il a bien voulu
dire au directeur ces simples mots, qui sont le plus bel
éloge que l'on puisse adresser au chef d'un établissement,
la plus haute récompense qu'il désire ambitionner :

   « Je vous remercie, monsieur Péphau, de tout ce que
« vous m'avez fait voir. Tout est ici « admirablement or-
« donné. Je souhaite que ceux qui veulent faire du bien
« à leurs semblables viennent dans cette maison prendre
« exemple sur vous. »

Cette visite ne tarde pas à produire d'heureux
résultats.

Chacun, sans que cela soit nécessaire, puise dans les

Aux Quinze-Vingts.
Pavillon d'isolement pour le traitement
de l'ophthalmie purulente.
(Tirée du *Monde moderne*.

encouragements donnés, dans la haute bienveillance accordée par le premier magistrat
de la République, des forces nouvelles, et poursuit le recrutement continu de ses pupilles.

Mais il faut lutter et on lutte contre l'apathie, contre l'ignorance, surtout contre la famille qui perd avec le petit infirme, avec le petit souffre-douleur, qu'on lui arrache, la source la plus claire de ses revenus immoraux.

SAINT-MANDÉ. — Vue extérieure des ateliers.

Et les dortoirs se garnissant, les classes voyant toutes leurs tables occupées, il faut faciliter à tout ce petit monde qui grandit, l'apprentissage d'un métier. Et, alors, bravement, le directeur de la Société s'adresse aux ministres de l'Intérieur et de l'Agriculture, à la commission de répartition des fonds provenant du pari mutuel, et obtient, le 7 juillet 1892, 400,000 francs pour bâtir, d'abord aux Quinze-Vingts, le pavillon d'isolement, où les éminents docteurs de la clinique ophthalmologique s'évertueront à prendre corps à corps la terrible ophthalmie purulente qui cause tant de victimes (38 pour 100 de la population aveugle); puis, à l'École Braille, de grands, vastes et hygiéniques ateliers, qui pourront abriter trois cents ouvriers.

Le Conseil général ne veut pas rester en arrière. La Société veut bâtir des ateliers, c'est bien; mais il lui faut l'emplacement, et le Conseil général affecte, le 4 juillet 1892, la somme de 92,667 francs, à l'achat des terrains et à celle d'une maison dont il ordonne la démolition.

Sur ces terrains en bordure du passage Hirtz, communiquant avec la grande rue de la République, les ateliers s'élèvent comme par enchantement, et à ce point que, neuf mois plus tard, le 14 mai 1893, le président de la « Société d'assistance », M. le sénateur Eugène Spuller est en mesure d'en faire la remise officielle à M. Poubelle, préfet de la Seine.

Le bureau de la Société d'assistance pour les aveugles, au grand complet, avait invité à cette cérémonie qu'il avait voulu rendre imposante, et dont la

Phot. Ladrey.
Dr Théophile ROUSSEL.
Sénateur de la Lozère.

présidence avait été dévolue au grand protecteur des petits enfants, des petits malheureux, des petits abandonnés, à l'auteur de la loi Roussel, M. Théophile Roussel, sénateur de la Lozère, le Conseil général de la Seine, des sénateurs, des députés, tous

ceux qui portent quelque intérêt aux malheureux, aux infirmes, aux aveugles — et ils
sont nombreux. — Il avait tenu à donner à l'inauguration officielle le plus grand éclat,
afin de démontrer à chacun qu'un progrès décisif était réalisé dans la solution du
difficile problème, qui consiste à mettre les aveugles en mesure de gagner leur vie.

Cette démonstration eut lieu pendant la visite même des ateliers. Chaque ouvrier à
son cadre, à son établi, à sa table, canne, paille une chaise, établit un panier d'osier ; boucle

La Société d'Assistance pour les aveugles repousse la mendicité
et protège le travail. — Bas-relief de Daniel Dupuis.

dans les trous de sa planchette les pincées de crin pour former un balai ou une brosse ;
confectionne des fleurs de perles, aux couleurs les plus variées, posément, franche-
ment, certain de ne jamais commettre d'erreur, tant son attention est ferme et soutenue.

Aussi, les visiteurs ne tarissaient-ils pas d'éloges à l'égard du Conseil général qui
sait faire pour les malheureux, pour les ignorants un si noble emploi de ses ressources
budgétaires.

Avant de lever définitivement la séance, le Président conduisit dans la cour d'honneur M. Poubelle et les conseillers généraux de la Seine où, après avoir fait don au
département, au nom de la « Société d'assistance », des ateliers et d'une maison destinée
à recevoir les ouvriers à leur majorité, il avait encore à offrir au représentant du département une œuvre d'art, commandée par elle. Un grand voile recouvre la plus
grande partie de la façade principale du bâtiment. Retiré, on a pu admirer un remarquable bas-relief, œuvre d'un de nos plus grand médaillistes, Daniel Dupuis.

M. Chaumeil, inspecteur général honoraire de l'Université, en fait ainsi la description dans une étude qui est reproduite plus loin :

« Ce bas-relief définit d'une manière frappante le caractère et le but de l'École « Braille.

« A droite, un aveugle mendiant conduit par un chien ; au milieu, une figure de « femme symbolisant la « Société d'assistance » ; à gauche, un groupe d'aveugles tra- « vaillant.

« Par un geste à la fois noble et sévère, l'aveugle mendiant est repoussé, tandis « qu'un mouvement harmonieux du corps fait incliner la protectrice du côté des « protégés, les aveugles travailleurs !! »

En effet, c'est bien ainsi que la Société a compris son devoir d'assistance ; c'est bien ainsi que le Conseil général en poursuit le développement, en affirme la pensée par la bouche d'un de ses membres, M. Bassinet, qui s'exprimait ainsi, le 22 juillet 1894, en prenant à l'École Braille le fauteuil pour la présidence de la distribution des prix :

« Comment rendre aux infortunés aveugles et leur indépendance et le libre « exercice de leur droit à la vie ?

« C'était là le problème.

« Qui en a donné la solution ?

« Messieurs, c'est l'École Braille.

« Instruire l'enfant, apprendre un métier à l'adolescent, assurer du travail et un « asile à l'adulte, en trois mots, voilà votre œuvre.

. . . .

« Pour l'aveugle, c'est l'indépendance, c'est la faculté d'être homme, de prendre « part à la vie, à ses charges, à ses travaux, à ses plaisirs !

« N'est-ce pas là une solution virile et conforme à la dignité humaine ?

« Cette œuvre est la première de ce genre.

« Le département de la Seine en est fier ; son merveilleux service des enfants mora- « lement abandonnés, auquel mon ami Rousselle a attaché son nom, a déjà inspiré le « législateur et servi d'exemple à la France ; j'espère que cette nouveauté, qui s'appelle « l'École Braille, et qu'on ne peut pas nommer sans nommer aussi mon collègue et « ami Marsoulan, servira de même d'exemple et de modèle, qu'elle sera imitée et « généralisée, et que c'est encore au département et au Conseil général de la Seine « que la France devra cette grande réforme sociale.

. . . .

« Poursuivez donc, vous, messieurs, votre œuvre : membres de la Société d'as- « sistance, membres de la commission de surveillance, collaborateurs de l'École « Braille ; vous, mes enfants, vos efforts. Travaillez, travaillez, l'avenir est à vous ; « à vous, messieurs, qui avez résolu un grand problème social ; à vous, mes enfants, « qui y avez collaboré en fournissant la preuve et l'exemple.

« De ces trente mille mendiants, de ces trente mille esclaves que la cécité faisait « en France, vous ferez trente mille êtres libres et utiles, trente mille travailleurs.

« M. Péphau en aura eu l'idée, avec lui le Conseil général de la Seine qui l'a

« propagée, en aura l'honneur et la France entière en aura le profit, et elle l'aura,
« grâce à la République ! »

C'est encore ainsi que s'exprimait au Conseil général M. le rapporteur Clairin,
le 11 octobre suivant, après avoir passé en revue tout ce qui s'est fait, tout ce qui a
été atteint pour le développement de cet établissement départemental :

« Après un serrement de cœur en voyant l'infortune de nos pupilles, on est pris
« d'admiration pour cette institution
« qui a fait de ces malheureux des
« ouvriers actifs, assidus, soucieux de
« bien remplir leur tâche et fiers de
« gagner leur vie.

« Car les aveugles de l'École
« Braille doivent, à l'âge où ils devien-
« nent des ouvriers, solder leurs dé-
« penses et même se créer un pécule...

« Aussi éprouvez-vous, mes chers
« collègues, un sentiment de légitime
« orgueil en constatant que déjà un
« certain nombre de vos protégés, des
« plus âgés, sont devenus des ouvriers
« assez habiles pour posséder un livret
« où figurent des sommes de 1,000,
« 1,200 et même 1,500 francs. »

Enfin, c'est avec la même netteté,
la même chaleur, la même éloquence
que dans ses nombreux et passionnés
discours, rapports, allocutions et en-
tretiens familiers, s'exprime de 1883
à 1898, M. Henry Marsoulan qui,
comme l'a affirmé M. Bruman, secré-

Phot. Ladrey-Disdéri.
M. Louis BARTHOU, Ministre de l'Intérieur.

taire général, le 16 février 1895, à l'École Braille, s'est constitué le défenseur, le
protagoniste des idées et des projets de M. Péphau dans le sein de l'assemblée dépar-
tementale et qui s'est fait, suivant l'expression d'un de ses collègues, dans le Conseil
municipal de Paris et dans le Conseil général de la Seine, l'apôtre de toutes les idées
grandes et généreuses.

Mais, à ces témoignages de bienveillante et d'encourageante sympathie, de concours
financier et personnel, viennent s'ajouter des témoignages plus importants encore
partant de la place Beauvau et de l'Élysée.

M. le Ministre de l'Intérieur, Louis Barthou, accompagné de Mme Louis Barthou,
se rend à l'École Braille le 9 mai 1896, pour y assister à la fête anniversaire de la
fondation de la « Société d'assistance pour les aveugles », fête qui est devenue celle de
l'École. Le ministre ne se contente pas de manifester avec l'éloquence simple et cordiale

4

dont il a le secret, sa très vive satisfaction. Il promet tout son concours à l'administration de la maison pour étendre de plus en plus encore les bienfaits d'une institution qui est une des créations les plus heureuses de la troisième République, et après s'être inscrit comme membre fondateur de la « Société d'assistance pour les aveugles », il accepte de devenir membre du conseil d'administration.

Quelques semaines plus tard, le 12 juin 1896, M. Félix Faure, président de la République, accompagné de M. Louis Barthou, ministre de l'Intérieur, de M. de Selves, préfet de la Seine, de M. Le Gall, directeur du cabinet civil et du commandant Humbert, son officier d'ordonnance, visite à son tour l'École.

Il n'y était point attendu.

Les élèves jouaient dans la cour revêtus de leurs habits de semaine, les ouvriers se trouvaient dans leurs ateliers.

Le Président se refuse à toute manifestation et se rend au milieu des premiers. Il les caresse, les questionne, puis manifeste le désir de les voir dans leurs classes et de se rendre compte par lui-même de l'emploi de leur journée.

Le Directeur défère à ce désir. Une cloche sonne et chacun est à son poste, dans sa classe. Les enfants s'y livrent, à la demande du Président, à des exercices de lecture, d'écriture, et répondent avec précision aux questions qui leur sont posées en géographie, en histoire, en grammaire, en arithmétique, en histoire naturelle.

M. Félix FAURE,
Président de la République française.

Phot. Nadar.

Ensuite, le Président se rend dans les ateliers. Là, les ouvriers et les ouvrières empaillent, cannent des chaises, dressent des paniers de rotin, établissent un balai ou une brosse, confectionnent des fleurs en perles ou composent des tapis de coco ou des nattes de jonc.

Ils exécutent ce travail sans préoccupation de leurs augustes visiteurs et attendent, impassibles, les questions que M. le Président veut bien leur adresser. Mais, voici M. Félix Faure et les hauts personnages qui l'accompagnent à la porte de l'atelier de perles. « Ne m'annoncez pas, dit le Président à M. Péphau. Je voudrais m'entretenir avec vos enfants comme un visiteur ordinaire. »

Satisfaction est donnée à M. Félix Faure et le voilà allant de l'une à l'autre des ouvrières perlières, posant telles questions à celle-ci, telles autres à celle-là sur sa famille, son origine, son travail, sa vie à l'École. Les réponses ne se font pas attendre et, sans embarras, la curiosité est satisfaite. Mais, voici que M. le Ministre de l'Intérieur qui voulait aussi garder l'incognito se risque à parler à une perlière et à la prier de lui confectionner une marguerite. La fleur prend corps en un tour de main et est remise

avec ces mots : « Voici. monsieur le Ministre — Mais comment savez-vous qui je suis?
— Je vous ai reconnu à votre voix. monsieur Barthou ; nous n'avons oublié ni les unes
ni les autres que vous nous avez fait l'honneur de nous visiter le 9 mai dernier. »
M. Barthou, pour toute réponse, embrasse l'enfant, et ne sait plus que dire quand les
ouvrières lui demandent les noms des personnes qui l'accompagnent.

Il a alors fallu découvrir le Président et les vivats ont succédé aux vivats.

M. Félix Faure était ravi d'assister à
pareille scène.

Aussi n'a-t-il pas caché son émotion
quand, après avoir entendu dans le grand
préau des cantates, des morceaux de piano
à quatre et à huit mains et assisté aux exercices de gymnastique, il a remercié tout ce
monde qui lui a paru heureux. — Il l'assure
qu'il n'oubliera pas les protégés du Conseil
général, qu'il gardera de sa visite le meilleur souvenir et il en fournit la preuve en
demandant à faire partie des membres fondateurs de la Société d'assistance pour les aveugles. Il termine en annonçant la visite prochaine à l'École de Mlle Lucie F. Faure, visite
qui a lieu. en effet, quelques jours plus tard,
le 18, visite officielle et intime à la fois. Pas
de public en dehors du conseil d'administration de la « Société d'assistance pour les aveugles », des membres de la commission de surveillance de l'École, des représentants du
Conseil général de la Seine, des hauts fonctionnaires de l'administration préfectorale.

Mlle Lucie F. FAURE.

Mlle Lucie F. Faure était accompagnée par Mme Ménétrez, femme du lieutenant-
colonel attaché au Président de la République. par M. le commandant Humbert et par
M. Blondel, chef du secrétariat particulier de l'Élysée.

Comme son père, et en donnant tout le temps nécessaire, elle vit les classes,
les ateliers et elle se rendit compte de l'organisation et du fonctionnement de la
maison.

Elle assista dans deux classes aux leçons données aux élèves ; dans les ateliers, elle
vit fabriquer chaises, paniers, brosses, tapis, fleurs en perles ; dans la salle de musique
elle entendit chanter des chœurs, jouer du piano par les grands et les petits, enfin elle
ne se lassa pas et s'intéressa vivement aux exercices de gymnastique variés.

Elle posa au directeur une série de questions sur cette population aveugle qu'elle
observait, en aussi grand nombre, pour la première fois. Elle voulut connaître l'étiologie
de la cécité, les moyens employés pour la prévenir ou pour la guérir et elle manifesta

l'intention de visiter immédiatement le pavillon d'isolement annexé à la clinique nationale ophthalmologique qui y est uniquement entretenu par les budgets de la ville de Paris et du département de la Seine.

Dans le pavillon d'isolement où sont traitées les maladies contagieuses oculaires, elle se montra touchée et attendrie au point qu'elle voulut payer de sa personne en pratiquant elle-même, avec l'appareil laveur en usage, le lavage des yeux de trois nouveau-nés atteints d'ophthalmie purulente.

Mme Ménétrez, entraînée par l'exemple, procéda à son tour, au lavage des yeux de deux autres nouveau-nés.

Le lendemain, le directeur, se faisant l'interprète des sentiments de la commission de surveillance de l'École, des membres du Conseil général et de la commission consultative des Quinze-Vingts, adressait à l'Élysée la lettre suivante :

Phot. Waléry.

M. Louis LE GALL,
Inspecteur en chef de la marine,
Directeur du cabinet du Président de la République.

Phot. Nadar.

M. BLONDEL,
Chef du secrétariat particulier du Président
de la République.

Paris, 19 juin 1896.

« Mademoiselle,

« Nous sommes tous, à l'École Braille, aux Quinze-Vingts, sous le charme de cette
« inoubliable séance d'hier, séance qui portera ses fruits, j'en ai la certitude, si les
« mamans, devenues plus prévoyantes, par le grand et courageux exemple que vous leur
« avez donné à la clinique nationale ophthalmologique, savent se soumettre aux simples
« préceptes de l'hygiène que nos docteurs leur indiquent.

« Vous avez pu, mademoiselle, vous rendre compte de la simplicité de la méthode
« instituée; vous savez maintenant qu'elle n'entraîne, pour son établissement, que des
« dépenses insignifiantes et vous avez compris qu'après l'École Braille et le département
« de la Seine, le dernier village de France trouverait, par elle, avec très peu de frais,
« le moyen de combattre une maladie qui fait de si nombreuses victimes.

« Mes pensionnaires, grands et petits, jeunes et vieux de l'École Braille et
« des Quinze-Vingts, qui ont su si bien vous acclamer sur votre passage, me

« chargent de vous remercier encore de leur avoir consacré quelques heures de
« votre temps.

« Ils sauront se souvenir que vous leur avez témoigné le plus bienveillant intérêt et
« ils conserveront précieusement le rayon lumineux dont vous avez éclairé leur nuit.

« Daignez agréer, Mademoiselle, etc., etc.

« Signé : A. Péphau. »

Un autre événement de la nature de ceux décrits plus haut se produisait le 13 novembre 1896, à la suite du voyage à Paris du tsar Nicolas II.

Un de ses conseillers d'État actuels, M. Ivan Roucavichnicoff, président du comité fondé par Sa Majesté Impériale pour la surveillance des pauvres à Saint-Pétersbourg, venait avec le colonel Constantin de Roudanowsky, du régiment Pavlosvky de la garde impériale russe, et de nombreux amis français, visiter en détail l'École.

Il voulait apprécier nos méthodes et les appliquer en Russie.

M. Ivan Roucavichnicoff, chargé par l'empereur de soulager des misères, voulut, comme Mlle Lucie F. Faure, voir l'École dans son entier et ne sachant comment exprimer son admiration et en même temps sa reconnaissance pour la bienveillance qui lui avait été témoignée par le représentant du Conseil général, pria le directeur de l'École de l'inscrire avec l'un des amis qui l'accompagnait en qualité de membre fondateur de la Société d'assistance pour les aveugles, et de porter à l'actif de la caisse de retraite des pupilles une somme importante versée par cet ami.

Le colonel, le conseiller d'État voulurent également comme Mlle Lucie F. Faure se rendre au pavillon d'isolement des Quinze-Vingts.

Ces visites n'ont pas été seulement un juste hommage rendu à ces créations utilitaires : l'École Braille et le pavillon d'isolement. Elles provoqueront et réaliseront, cela paraît certain, chez nos précieux alliés, de véritables résultats pratiques.

Et la preuve, c'est que chacun de ces messieurs ont emporté, le conseiller d'État une série de brochures concernant l'École Braille ; et le colonel, pour le vulgariser, dans les maternités russes et près des médecins-majors de la garde impériale, en vue des maladies contagieuses d'où procède l'ophthalmie purulente, le laveur en usage au pavillon et tous les documents de nature à en indiquer l'emploi aux intéressés.

Les institutions, les créations de la « Société d'assistance », devenues celles du département de la Seine, commencent à dépasser nos frontières, revêtant et accentuant ainsi leur caractère fondamental de généralisation bienfaisante et humanitaire.

Aussi, la Société d'assistance a-t-elle jugé que l'heure est sonnée de faire un nouveau pas dans le progrès et pensé à se procurer de nouvelles ressources pour la réalisation complète de son programme.

L'École ne recevait les enfants qu'à l'âge de six ans. Le département en abaisse le chiffre à trois ans et ouvre une école maternelle (1).

____

(1) Délibération du 5 avril 1897 (n° 4).

L'École n'a que des dortoirs insuffisants, des classes étroites, des réfectoires où ses pupilles sont entassés, serrés les uns contre les autres !

Elle ne possède pas de maison pour recevoir ses ouvriers majeurs !

Le département achète une villa dans le passage Hirtz et un immeuble voisin qu'il affecte au logement de ses majeures; il l'aménage, le surélève. La « Société d'assistance », à son tour, se procure en s'adressant à nouveau, à la commission de répartition des fonds du pari mutuel, une somme de 400,000 francs qu'elle destine à la construction de bâtiments à usage de services généraux, à celle d'une infirmerie. Enfin, le département, ne voulant pas rester en arrière, prend le parti d'acquérir des maisons, des villas, des terrains mitoyens au sud et à l'ouest, donnant ainsi satisfaction entière et à lui-même et aux vœux si souvent exprimés par la commission de surveillance de l'École (1).

Le vaste projet conçu, il y a quinze ans, par le fondateur de l'École se trouve ainsi complètement réalisé.

L'œuvre de l'École Braille étendra donc ses bienfaits à tous les déshérités ayant leur domicile d'assistance dans le département de la Seine, et le Conseil général qui ne veut pas manquer aux engagements qu'il a pris publiquement, par la voix de ses délégués à la tribune de l'Hôtel de ville, par celle de ses rapporteurs, ne faillira pas à ses obligations sociales, à ses devoirs de solidarité et laissera la porte de l'École, de l'atelier, largement ouverte à tous ceux qui n'avaient pas eu la faveur d'être les premiers appelés.

Et ainsi, des infirmes, des incurables, des êtres que l'on qualifiait autrefois d'inutiles, sont devenus, par cette institution, des travailleurs moralisés, des producteurs sérieux, des émancipés sous la tutelle du département de la Seine, et, — ce qui est fort rare, — restent des reconnaissants.

---

(1) Délibération du 8 décembre 1897 (n° 21).

CHAPITRE II

ORGANISATION

Bâtiments. — L'emplacement occupé à Saint-Mandé par les établissements Braille,
autrefois par l'institution Ancelin, rue Mongenot, à 150 mètres du bois de Vincennes et
de la station du chemin de fer, a la forme d'un vaste quadrilatère et présente une
superficie de 10,000 mètres carrés environ.

Il est borné au Nord par la rue Mongenot; à l'Est, par l'immeuble portant le n° 3
de la même rue, et par diverses maisons ayant leur entrée sur la grande rue de la République; à l'Ouest, par la propriété de la rue Mongenot, 13, et les cours de l'école primaire communale; au Sud, il occupe tous les terrains indiqués sur le plan cadastral sous le nom de villas du passage Hirtz et se poursuit, toujours dans la même direction, enclavant, à son extrémité Sud-Ouest, la propriété dont l'entrée se trouve au n° 12 de la rue de Bérulle.

Façade de l'École maternelle.

L'entrée principale donne sur la rue Mongenot. On y pénètre par une cour d'honneur plantée de tilleuls; à gauche, se trouvent les appartements particuliers du directeur,
le parloir, le salon de réception; à droite, l'appartement de la surveillance générale,
les bureaux de la caisse et du contrôle, des vendeuses et des surveillantes générales; au
fond, les études, quatre classes et les salles de piano ayant toutes accès, à la fois, sur
la cour d'honneur et sur la seconde cour, dite cour centrale; au-dessus des classes,
s'élèvent trois étages; le premier et le second servent de dortoirs aux élèves filles et aux
élèves garçons (soixante lits tiennent à l'aise dans chaque dortoir); le magnifique bas-
relief de Daniel Dupuis orne la façade principale du bâtiment central; le troisième con-
tient les chambres des surveillants et surveillantes.

Dans la cour centrale, se trouve un bâtiment récemment construit, destiné aux
plus jeunes enfants, âgés de trois à sept ans. Relié au bâtiment central avec lequel il
communique, son sous-sol est occupé par les salles de bains, une piscine à eau courante chaude, et un calorifère à vapeur; son rez-de-chaussée par trois classes avec
un préau couvert et fermé; son premier étage par un dortoir de quarante lits; son
deuxième par les chambres des maîtresses et des surveillantes.

Dans la même cour, et en face du bâtiment qui vient d'être décrit, s'élève, séparée par des bouquets d'arbustes verts, une magnifique construction à cinq étages dont la remise officielle sera faite au département de la Seine, le mardi 9 mai 1899, par le président de la « Société d'assistance pour les aveugles », M. le sénateur R. Waldeck-Rousseau. Le rez-de-chaussée sous-sol, bâti au-dessus des caves, sert de réfectoire aux élèves, aux apprentis et aux ouvriers. Il mesure 40 × 10,50 ; les tables (4 × 0,70) sont en bois d'acajou avec une ceinture de nickel ; le premier étage est affecté en entier aux salles de réunion des garçons et des filles ; le deuxième est occupé par le dortoir des ouvriers et des ouvrières (cent lits) ; le troisième et le quatrième par les chambres des maîtresses.

Au fond de cette cour centrale, l'on trouve au sud-est le préau de gymnastique (superficie 33 × 11) pourvu de tous les appareils nécessaires pour développer par des exercices gradués les muscles, les poumons des aveugles dont la constitution maladive réclame pour être raffermie tout un ensemble de procédés, de moyens indiqués par la thérapeutique et l'hygiène : agrès fixes et mobiles, agrès Pichery, trapèzes, échelles fixes, inclinées, horizontales, vindas, perches fixes, cordes lisses, cordes à nœuds, xylofers, massues, etc.

Au sud, s'élève le bâtiment des ateliers, bâtiment à quatre étages (33 × 12) occupés, celui du rez-de-chaussée, par les matières premières destinées aux vanniers, chaisiers et brossiers mis en communication par une trappe avec les ateliers des vanniers et des chaisiers, installés immédiatement au-dessus de la salle des dépôts. Le deuxième étage est réservé aux brossiers et aux brossières ; le troisième, aux perlières ; le quatrième, aux paillassonniers.

M. WALDECK-ROUSSEAU,
Troisième Président de la Société d'assistance
pour les aveugles.

Chaque atelier a à sa tête un contremaître ouvrier, surveillant de son établi ou de son poste, à gauche, les garçons, à droite, les filles. En arrière des ateliers, séparées par le passage Hirtz ayant accès sur la grande rue de la République s'alignent, sur une longueur de 90 mètres, une série de villas qui seront abattues, suivant les besoins, pour faire place à la « Cité », bâtiment à cinq étages (90 × 11) dont les distributions intérieures rappelleront celles des Quinze-Vingts et destiné à loger les ouvriers majeurs et les ouvrières ayant atteint l'âge de trente ans, célibataires, mariés avec ou sans enfants. En retour de la Cité et à l'ouest, sur la rive gauche du chemin de fer de Vincennes, on trouve d'abord l'infirmerie de la maison, bâtiment à trois étages : le premier et le second sont réservés aux malades en dortoir ou en chambre, suivant que l'affection dont ils sont atteints est ou n'est pas contagieuse. Au nord de l'infirmerie, et au centre du grand bâtiment, attenant aux réfectoires est située, entre trois cours, la cuisine (12 × 8) avec ses magasins d'approvisionnements; enfin, en façade sur la rue Mongenot, et faisant suite à l'ouest à la cour d'honneur, s'élèvent des bâtiments où sont logées les filles majeures âgées de vingt et un à trente ans. L'établissement qui possède des caves sous tous ses bâtiments est chauffé par des calorifères à basse pression, à l'exception de l'infirmerie qui a un chauffage spécial; l'eau est distribuée dans tous les étages; les cours, les classes, les ateliers, les corridors sont éclairés au gaz; les dortoirs qui en sont privés, possèdent des lampes destinées à faciliter la surveillance; les cabinets

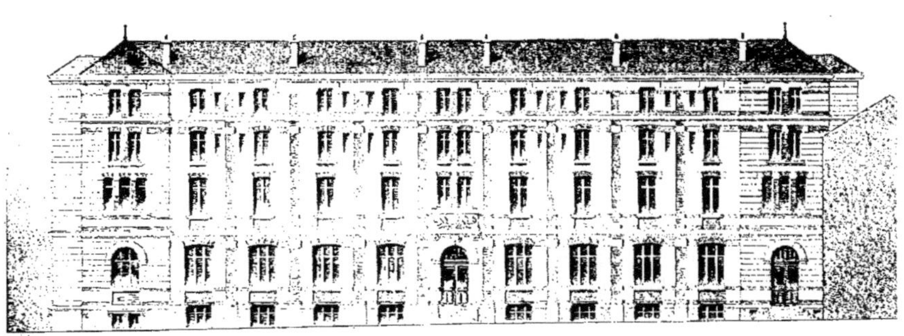

Façade des Services généraux.

W. C. en nombre très suffisant sont munis de chasses d'eau automatiques, et communiquent avec l'égout de la ville.

Administration. Commission de surveillance et de perfectionnement. — L'École Braille est administrée par son fondateur, délégué du Conseil général et du Préfet de la Seine, assisté d'une commission de surveillance et de perfectionnement.

La commission se compose de treize membres désignés, en séance publique, par le Conseil général, pris parmi ses membres et en dehors du Conseil (1).

Personnel. — Le personnel des établissements Braille doit posséder des qualités spéciales pour remplir la mission toute de dévouement et d'amour qui lui est confiée. L'énumération de ces qualités était indiquée, dès l'ouverture de l'École,

---

(1) Commission de surveillance : Henry Marsoulan, conseiller général, *Président;* M. Alex. Lefèvre, ancien conseiller général. sénateur, *Secrétaire;* Barrier, conseiller général; Chaumeil, inspecteur général honoraire de l'Instruction publique ; Gaufrès. ancien conseiller général : Péphau, directeur, délégué à l'administration de l'École; Rischmann, receveur central des finances de la Seine; Ruel, conseiller général; Stupuy, ancien conseiller général; Vorbe, conseiller général; Mmes Mathé, Julie Toussaint, *Membres.*

dans un rapport lu par le fondateur aux membres du conseil d'administration de la
« Société d'assistance pour les aveugles », le 18 juin 1884 et plus tard, en séance
publique, le 15 février 1885.

« L'éducation de l'aveugle, disait-il, exige de ceux qui en sont chargés une
« aménité constante, une bonté sans faiblesse, une patience à toute épreuve.

« L'enfant aveugle, pour recevoir l'éducation qui le relèvera, doit être pris de
« bonne heure à l'École.

« A cet âge, la mère n'a pas encore épuisé toutes ses tendresses ; les émotions
« douloureuses et tristes lui ont été soigneusement cachées ; il n'a pu ressentir les
« privations, la misère ; il a été pour tous les siens, parents, grands frères, grandes
« sœurs, l'être faible par excellence qu'il faut protéger à tout prix.

« C'est à ce moment qu'il doit être confié aux soins de maîtresses dévouées qui
« l'aimeront, sauront s'en faire aimer et lui prouver que l'École est son autre fa-
« mille ».

« Ces maîtresses devront s'attacher à gagner sa confiance, à le rendre expansif,
« et elles ne parviendront à obtenir le développement intellectuel et moral de l'enfant,
« qu'en sachant être patientes avec les plus indociles, douces avec les timides, cares-
« santes et constamment bonnes pour tous.

« Il faut que la maîtresse aime cet être infirme d'un amour extrême, qu'elle
« soit pour lui le protecteur, le révélateur. Il faut qu'elle développe en lui cette
« avidité de connaître les secrets de toutes choses et qu'elle le gare de cette réserve
« atrophiante qui se changerait bientôt en une dissimulation qui deviendrait sa
« perte.

« L'École doit posséder des maîtres aveugles et des maîtres voyants. L'ensei-
« gnement de la musique, de la lecture, de l'écriture et du solfège par le système
« Braille sera le lot des maîtres aveugles, qui ont une supériorité incontestable sur
« le professeur voyant le mieux exercé.

« Mais la direction des études et de l'éducation doit être confiée à des maîtres
« voyants pourvus de connaissances variées, doués d'un jugement sûr, d'un esprit
« investigateur.

« Il ne faut jamais perdre de vue que le jeune aveugle est plus chercheur, moins
« distrait que le voyant, qu'il a une mémoire qui classe rapidement et emmagasine
« tout avec un ordre parfait, qu'il réclame sans cesse des horizons nouveaux et que
« son cerveau est apte à recevoir des impressions multiples qui s'y gravent pour n'en
« jamais sortir.

« Pour réussir à l'instruire, il faut que la méthode soit une, de la base au sommet ;
« qu'elle soit exclusivement socratique et que le livre d'études qui, dans des centaines
« de lignes, n'exprime trop souvent, hélas ! que l'embryon d'une idée assimilable, soit
« banni pendant les premières années de classe.

« Pour obtenir le succès, il faut une parole calme, chaude, affectueuse, inspirée
« par un zèle et un dévouement sans bornes, non le livre qui est une barrière pour
« l'épanouissement de l'idée. La difficulté matérielle qu'éprouve l'aveugle à reconnaître

« les lettres mêmes de son alphabet spécial est un obstacle nuisible à la compréhension
« du sens des phrases.

« Parsemons donc de fleurs pour cette jeune intelligence le sentier qui la conduit
« à la science; offrons-la-lui, d'abord par fragments légers; mêlons-y avec adresse,
« comme assaisonnements salutaires, indispensables la diversion qui repose la

Vue d'ensemble des nouvelles constructions.

« pensée, la gaieté qui stimule le cœur et, j'en ai la certitude, la récolte sera
« abondante.

« Mais ce n'est pas tout.

« Les sens de l'ouïe et du toucher acquérant chez les aveugles un développement
« extraordinaire, le maître doit posséder un programme offrant une vaste encyclopédie
« de connaissances usuelles qu'il doit transmettre et par la parole et par la manipu-
« lation. Aussi, est-il nécessaire qu'en raison de ces dons merveilleux qui font naître
« une attention et une réflexion précoces chez ces enfants, le professeur, dans
« l'exposition concise de ses leçons, déploie une sûreté d'articulation, une richesse de
« modulation, une douceur d'accent, une finesse de tact qui, en soustrayant ses élèves
« à la concentration naturelle, mais fatigante, à laquelle ils sont enclins, leur fasse
« saisir d'une façon indélébile les explications les plus diverses mises à leur portée et
« la forme des objets dont leurs doigts ont mesuré toutes les lignes.

« Enfin, il importe que la bienveillance, l'humeur égale et joyeuse des éducateurs
« d'aveugles maintiennent, entre eux et leurs jeunes disciples, une attraction qui

« permette cette continuité d'intimes rapports, de confiance absolue dont les ré-
« sultats sont si heureux et si féconds à l'École Braille sous l'impulsion de leurs
« maîtres. »

Cet ensemble de qualités que doit posséder l'éducation d'aveugles et que possèdent les maîtres et maîtresses des établissements Braille a permis à M. le conseiller
général Clairin (1) d'affirmer et de prouver « qu'il était impossible de cataloguer et de
« classifier, pour ainsi dire, le personnel de l'École Braille. Il s'agit d'aveugles, disait-il
« dans son rapport du 5 février 1898, et tout ce qui les concerne, en matière d'ensei-
« gnement, de profession, d'éducation ou même de divertissements, doit être spécial
« aux aveugles. Quand la personne qui apprend à lire où à écrire à nos pensionnaires
« est retenue loin des enfants par la maladie ou une autre cause, elle doit être
« remplacée dans son poste par une autre personne de la maison qui saura la manière
« de s'y prendre, qui connaîtra personnellement le petit infirme et ne pourrait
« nullement l'être par telle institutrice très savante venue du dehors, qui se trouverait,
« malgré sa science, entièrement décontenancée devant un travail nouveau pour elle.
« De même, un jour de grande vente ou de grosse expédition de marchandises ouvrées,
« tout le monde doit être présent à l'atelier et au magasin, et nos prétendues insti-
« tutrices devront y faire des paquets, de l'emballage, aussi bien que, chaque jour
« — et ce point est à noter — chacune d'elles doit faire une heure d'enseignement
« professionnel. » Ceci dit, voici l'énumération du personnel :

En dehors du fondateur délégué à son administration et à sa direction, il comprend :

1 Directeur régisseur.
1 Gérante des ateliers.
1 Sous-gérante des ateliers.
1 Secrétaire contrôleur caissier.
1 Sous-secrétaire contrôleur.
2 Vendeuses.
7 Institutrices.
1 Surveillante générale.
1 Sous-surveillante générale.
3 Maîtresses adjointes aveugles.
2 Monitrices.
1 Maîtresse lingère.
4 Chefs d'atelier.
14 Sous-chefs d'atelier ou premiers
    ouvriers.
1 Médecin.
1 Médecin adjoint.

1 Dentiste.
1 Commis.
1 Professeur de musique.
1 Monitrice de solfège.
1 Professeur de gymnastique.
2 Monitrices de gymnastique.
1 Professeur de modelage.
3 Concierges.
2 Aides lingères.
1 Cuisinière.
3 Aides cuisinières.
1 Réfectorière.
3 Aides réfectorières.
2 Garçons livreurs.
4 Surveillants ou hommes de service.
12 Surveillantes ou filles de service.

____

(1) Rapport du 15 février 1898. — Délibération du 15 juin 1898.

Population. — Le nombre de personnes logées dans la maison est, en 1898, de 219. Les dortoirs, à dater du 9 mai 1899, pourront recevoir 260 élèves ou ouvriers ; les maisons de majeurs et majeures. 45. Les services généraux offriront au personnel supérieur 24 logements et au personnel servant 28 chambres.

Le chiffre des élèves admis depuis l'ouverture est de 261, dont le tableau ci-dessous indique le mouvement :

ANNÉES	ENTRÉES		SORTIES		CAUSE DES SORTIES				DÉCÈS		OBSERVATIONS
					REPRIS PAR LES FAMILLES		ADMIS A L'INSTITUTION NATIONALE				
	Garçons	Filles	Garçons	Filles	Garçons	Filles	Garçons	Filles	Garçons	Filles	
1883	15	»	1	»	»	»	1	»	»	»	
1884	5	7	»	»	»	»	»	»	»	»	
1885	15	19	»	2	»	1	»	»	»	1	
1886	2	2	5	1	3	»	1	»	1	1	
1887	12	11	5	1	2	»	3	1	»	»	
1888	2	3	2	2	1	»	1	2	»	»	
1889	8	8	5	2	»	1	4	1	1	»	
1890	12	13	2	2	»	»	1	1	1	1	
1891	7	10	1	5	1	2	»	2	»	1	
1892	9	2	2	3	1	1	1	2	»	»	
1893	7	7	2	5	»	1	2	2	»	2	
1894	6	7	8	5	6	3	1	»	1	2	
1895	16	6	7	4	5	2	1	1	1	1	
1896	7	3	2	4	1	2	1	»	»	2	
1897	14	9	1	4	1	4	»	»	»	»	
1898	12	5	3	2	1	2	1	»	1	»	
	149	112	46	42	22	19	18	12	6	11	
	261		88		41		30		17		
TOTAL.	173				88						

Conditions d'admission. — **Prix de pension**. — L'École Braille reçoit gratuitement les enfants aveugles des deux sexes, âgés de trois à treize ans, de nationalité française, et dont les familles ont leur domicile de secours dans le département de la Seine depuis au moins cinq ans.

Les pièces exigées pour l'admission d'un enfant sont les suivantes :

1° Une demande adressée à M. le préfet de la Seine ;

2° Un extrait de l'acte de naissance ;

3° Un certificat du maire attestant la durée du domicile ; que les parents ne peuvent subvenir aux frais d'éducation de leur enfant ;

4° A l'appui de ce certificat, un extrait du rôle des contributions délivré par le percepteur ;

5° Un certificat délivré par les soins du directeur de l'hospice des Quinze-Vingts, 28, rue de Charenton, constatant que le candidat a été examiné à la clinique nationale ophthalmologique annexée à cet établissement, et que sa cécité est complète et incurable ; qu'il jouit de ses facultés intellectuelles et qu'il est apte à suivre les cours de l'École ; qu'il n'est point épileptique ; qu'il n'est atteint ni de scrofule au second degré, ni d'aucune maladie incurable ou contagieuse, ni d'aucune infirmité qui puisse le rendre inhabile aux travaux dont les aveugles sont capables ; enfin, qu'il a eu la petite vérole ou qu'il a été vacciné, et, dans ce dernier cas, que l'éruption vaccinale a eu son entier développement.

Toutes ces pièces peuvent être produites sur papier libre.

L'École reçoit également des élèves libres, dont le prix de pension est fixé comme suit :

Pour les internes, à 1,000 francs, payables par dixièmes et d'avance en trois termes ;

Pour les demi-pensionnaires, 600 francs, payables par dixièmes et d'avance en trois termes ;

Pour les externes, 400 francs, payables par dixièmes et d'avance en trois termes.

Le montant du trousseau est de 350 francs versés d'avance à l'entrée.

Uniforme. — Costume d'intérieur. — L'uniforme est en drap uni gros bleu pour les garçons ; en cheviote de même couleur pour les filles.

Celles-ci portent la jupe large et courte ; un corsage à plis, fermé par des boutons dorés ; le chapeau de paille ou de feutre, suivant la saison, rehaussé par des rubans de soie rouge et bleue, couleurs de la ville de Paris. Les garçons ont la culotte courte retenue dans le bas par trois petits boutons dorés ; la vareuse à col marin ; la casquette basse, avec une étoile brodée or.

Garçons et Filles en uniforme.
Élèves. — Ouvriers.

En hiver, filles et garçons sont défendus du froid par un manteau court en drap bleu, armé d'un capuchon.

Le costume d'intérieur est plus simple. En voici le détail pour l'été et l'hiver :

—— ÉTÉ ——

GARÇONS	FILLES	OUVRIERS
Chemise de coton.	Chemise de coton.	Chemise de coton.
Pantalon de coutil blanc.	Pantalon de cotonnade bleue et blanche.	Pantalon de coutil bleu.
Tablier de cotonnade bleue.	Jupon de cotonnade bleue et blanche.	Veste de coutil bleu.
Ceinture de gymnastique.	Robe de reps.	Tablier toile bleue.
Bas de coton bleu et blanc.	Tablier cotonnade.	Chaussettes de coton.
Bottines.	Ceinture de gymnastique.	Bottines.
	Bas de coton bleu et blanc.	
	Bottines.	

—— HIVER ——

GARÇONS	FILLES	OUVRIERS
Chemise de coton.	Chemise de coton.	Chemise de coton.
Maillot de tricot.	Maillot de tricot.	Caleçon de coton.
Pantalon de drap.	Pantalon de finette blanche et bleue.	Gilet de coton.
Gilet de laine.	Jupon de laine grise.	Pantalon de drap.
Vareuse.	Robe de reps gris foncé.	Gilet de laine.
Tablier de cotonnade bleue.	Vareuse.	Veste de toile bleue.
Ceinture de gymnastique.	Tablier de cotonnade bleue.	Tablier de toile bleue.
Bas de laine.	Ceinture de gymnastique.	Chaussettes de laine.
Galoches.	Bas de laine.	Chaussons.
	Galoches.	Sabots.

Régime alimentaire. — Le régime alimentaire est aussi varié que possible et à chaque saison, quatre menus différents se succèdent, soit seize menus pour l'année entière.

Quatre repas sont offerts : à 7 heures 1/2; à 11 heures 3/4; à 3 heures 1/4; à 6 heures 3/4.

1° Soupe grasse ou maigre; — 2° Viande, légumes, salade, vin; — 3° Pain, dessert, — 4° Soupe maigre ou grasse, légumes, vin.

Le jeudi et le dimanche, le plat de légumes, au repas du soir, est remplacé par un plat de viande.

Discipline. — L'École est une grande famille où les maîtresses transformées en mamans, s'efforcent de gagner la confiance, l'affection de tous les élèves grands et petits, ouvriers et majeurs (1).

Les punitions infligées sont fort rares et la direction obtient facilement l'obéissance, la bonne tenue, l'assiduité, l'application au travail dans les classes et à l'atelier en

____

(1) Voir l'exposé, page 34.

s'adressant au cœur de l'enfant et en réveillant en lui les belles qualités morales qui y sommeillent.

Chaque semaine, élèves, ouvriers, personnel supérieur réunis, lecture est faite publiquement des notes obtenues par chacun. Les éloges et les blâmes sont distribués paternellement et on a eu le bonheur de constater que cette méthode excite l'émulation de tous, réfrène les mauvais penchants, redresse les gros défauts.

Les récompenses accordées consistent en bons points; sorties supplémentaires de faveur; attribution de prix en argent inscrits sur le livret de la caisse des retraites;

Leçon de gymnastique.

dîners d'honneur trimestriels où prennent place MM. les membres de la commission de surveillance, les hauts fonctionnaires de la Préfecture, le personnel de l'École; promenades à la campagne, dans les bois, en chemin de fer, en bateau-omnibus, etc., etc.

Éducation physique. Hygiène. — L'enfant qui est confié à l'École Braille se trouve souvent au point de vue physique dans un état de débilité déplorable. Certains marchent avec difficulté, ceux-ci sont rachitiques, nerveux, anémiés, ceux-là sont disgracieux, portent le corps trop en avant ou en arrière ou déjeté, presque tous ont des tics. Le muscle existe à peine.

C'est tout un organisme à reconstituer.

On y arrive à l'École en suivant un horaire précis, en surveillant l'alimentation de chaque infirme, en le soumettant rigoureusement aux règles de l'hygiène et en appelant à son aide l'hydrothérapie et la gymnastique.

L'hydrothérapie enseignée, dirigée par une commission de docteurs spécialistes, consiste en douches, en bains de propreté, en baignades en pleine eau dans les piscines publiques.

La gymnastique, confiée à un maître, est placée sous le contrôle de cette commission.

Les exercices physiques font partie du programme, et chaque jour l'aveugle, quel que soit son âge, doit prendre une leçon de gymnastique.

Il ne suffit pas de soigner, de redresser, de fortifier, de former le corps de cet infirme; il faut toujours poursuivre l'œuvre de relèvement entreprise et, quand le pupille est armé de muscles solides, il faut en continuer l'éducation pour obtenir de lui, sans peine, les efforts que commandent les travaux des ateliers.

La gymnastique préconisée à l'École ne tend pas au surmenage du corps; elle ne cherche pas à transformer cet anémié en un petit prodige en l'obligeant à des mouvements violents qu'exige la pratique de la gymnastique d'anneaux, de trapèze, etc. — On recourt aux jeux actifs libres, aux appareils Pichery, aux exercices de plancher, à la marche rythmée, aux changements d'allure, aux mouvements d'assouplissement des bras et des jambes et du corps, et, quand les muscles du petit aveugle ont été créés, sans surmenage, on lui permet alors d'aborder, et il y parvient, les exercices d'anneaux, de trapèze, de corde lisse et à nœuds, de perches, de barres, de vindas, etc.

La promenade est transformée en exercice progressivement gradué, en entraînement à la marche coupée de pas gymnastique.

La marche et la course constituent l'exercice le moins fatigant, le plus heureux au point de vue du fonctionnement des divers organes et de l'activité de la nutrition.

Examen de fin d'année. — Jury de musique.

Les filles se livrent à des danses en plein air, à des rondes eurythmiques, pas chantés et marchés à la fois.

On surveille, pour tous, le port de la tête et du corps.

Le problème a été résolu, et nos petits gymnastes bien musclés, bien charpentés, garçons et filles, développés encore par les jeux libres, peuvent figurer convenablement dans les concours publics, donner satisfaction à leur légitime amour-propre et démontrer que leurs maîtres savent éduquer tout aussi bien leurs cerveaux que leurs muscles, après avoir réussi à faire d'eux d'habiles ouvriers.

Éducation musicale. — L'École, par sa destination, ne veut pas former des virtuoses; elle cherche simplement à donner à ses pupilles une éducation musicale sérieuse basée sur l'esthétique pour qu'ils puissent joindre à leurs qualités professionnelles une solide instruction, avoir le sentiment du beau et éprouver, par la musique, les satisfactions artistiques de l'ordre le plus élevé.

L'enseignement de la musique comprend l'étude du piano, du solfège (lecture, écriture et dictée), du chant individuel, du chant choral, l'histoire de la musique, la biographie des musiciens, des notions d'esthétique musicale.

6

Les concerts publics annuels attestent les progrès accomplis.

Sur le piano. — Les élèves et ouvriers parviennent à exécuter très agréablement les compositions originales des maîtres classiques, les arrangements et réductions des grands symphonistes et des compositeurs de l'art dramatique.

A citer les concertos de Hummel, Dussek, Mendelssohn, etc.;

Des morceaux de Chopin, Rubinstein, Schumann, Weber, Ritter, Diémer, etc.

Les romances sans paroles de Mendelssohn; les sonates de Mozart, Beethoven à 2, 4 et 6 mains; à deux pianos, à 8 mains, les ouvertures de Mozart, Mendelssohn, Weber, Berlioz, etc.;

La marche religieuse de *Lohengrin*, l'ouverture et la marche du *Tannhauser;*

Les poèmes symphoniques de Saint-Saëns, etc.

Dans le chant choral. — La voix de nos pupilles s'étant développée avec l'âge, les élèves et ouvriers ont pu aborder les œuvres chorales à six voix inégales, et interpréter des pages superbes avec ou sans accompagnement, telles que :

Sans accompagnement : les chants du Bosphore.

Venise, chœur des matelots du *Voyage en Chine*, de Bazin; la *Marche hongroise* (symphonie vocale solfiée), de Chelard; au *Printemps*, de Mendelssohn; *Marche des ruines d'Athènes*, de Beethoven; *Alleluia*, de Massenet, etc.

Avec accompagnement : les deux chœurs des *Pèlerins* et la marche avec chœur de *Tannhaüser*, des fiançailles de *Lohengrin*, de Wagner; *Orphée*, de Gluck; *Philémon et Baucis* (chœur des Bacchantes); la kermesse et valse de *Faust*, de Gounod; l'*Arlésienne*, de Bizet; la *Saison*, d'Haydn; le *Pardon de Ploermël* de Meyerbeer; *Calme des nuits*, de Saint-Saëns; le chœur des gnomes et des sylphes de la *Damnation de Faust*, de Berlioz, et enfin, la cantate magistrale et émouvante de Th. Dubois : *Délivrance!* la Marseillaise de l'École Braille !

Cette énumération incomplète d'œuvres de grands artistes atteste le travail considérable accompli par les maîtres, par les élèves et ouvriers. Elle laisse deviner également, avec la somme d'efforts réalisés, l'étendue des richesses de la Bibliothèque musicale de l'École constituée par le personnel comme pour les cartes de géographie et les livres de classe dont la liste sera fournie plus loin.

CHAPITRE III

MÉTHODE EN USAGE A L'ÉCOLE. — CONSIDÉRATIONS GÉNÉRALES

La Société d'assistance pour les aveugles qui n'hésitait pas à affirmer, le 18 juin 1884 et le 15 février 1885, que l'École devait admettre l'enfant dès son plus bas âge, n'avait cependant pu, pour des raisons budgétaires, prendre le petit aveugle qu'à partir de l'âge de six ans.

Ses ressources étaient insuffisantes au début et, plus tard, quand l'École fut adoptée par le Conseil général le 1ᵉʳ mai 1887, elle avait voulu, avant d'exposer à nouveau son thème, fournir la preuve de la vitalité de sa création.

Elle jugea cependant que quatorze années étaient pour tous une démonstration suffisante, et, le 26 décembre 1896 (Rapport n° 32), M. le rapporteur Marsoulan, devançant son magistral rapport du 5 avril 1897 (n° 4), faisait pressentir que l'heure de cette amélioration dans l'assistance de l'aveugle était sonnée.

Après avoir rappelé les arguments présentés à l'administration par le délégué du Conseil général et du préfet, il crut utile de faire précéder son rapport de l'extrait suivant :

« Je cherchais à démontrer, disait le fondateur, avec tous ceux qui se sont voués
« à la haute mission de sauver ces infirmes, qu'il est indispensable d'éduquer, d'in-
« struire, le plus tôt possible, le petit aveugle et surtout de le soustraire à un milieu
« démoralisateur, à celui de sa famille, quelle qu'elle soit, où, à tous les points de
« vue, l'éducation est déplorable.

« Dans sa famille, le petit aveugle, adulé, ne peut aller, venir, s'occuper aux
« menus soins de l'intérieur, comme ses frères et sœurs voyants, tant la mère inex-
« périmentée, craintive, redoute les accidents, les heurts ou les chutes et le croit même
« incapable de savoir seul s'habiller, manger, s'approprier.

« Cette affection exagérée, cette faiblesse bien excusable poussent la mère à tolérer
« à l'enfant tous ses caprices, à exalter des qualités imaginaires, à trouver merveilleux
« des actes fort simples, fort ordinaires, accomplis par son infirme, qui ne tarde pas à se
« croire d'une essence supérieure et à devenir un insupportable orgueilleux que l'École
« sera souvent impuissante à réformer.

« Telle autre mère indigne, spéculant sur la misère de son enfant, l'habitue de bonne
« heure à tendre la main, à apitoyer les passants, et, le soir venu, le rend incons-
« ciemment témoin des orgies de son intérieur, orgies entretenues par l'argent que lui
« rapporte le jeune mendiant.

« Toutes enfin, négligeant l'éducation physique du petit aveugle, le confinent dans
« une solitude atrophiante, dans un repos perpétuel et contrarient ainsi, soit par
« l'excès de leur amour, soit par celui de leur indifférence, son développement orga-
« nique et musculaire.

« Aussi, ne saurais-je assez approuver, seconder de tous mes efforts, toute initiative
« qui réaliserait les vœux que j'émet-
« tais, il y a plus de quinze ans,
« quand je réclamais pour l'aveugle
« les mêmes avantages que pour le
« voyant : écoles d'asile, écoles pri-
« maires, écoles d'apprentissage, ate-
« liers, hôpitaux, hospices.

« Mais, je n'hésitais pas à dire
« alors, et à affirmer aujourd'hui,
« que ces diverses institutions ne
« peuvent procurer des résultats ap-
« préciables qu'à la condition que
« l'aveugle, cet éternel mineur, se
« voie offrir l'*internat*.

« En effet, appartenant presque
« toujours à une famille indigente, il
« ne pourrait, sans l'internat, pro-
« fiter des avantages que lui procu-
« reraient les écoles primaires et
« professionnelles, les établissements
« hospitaliers, à moins de n'en avoir
« pas son logement trop éloigné, sa
« famille ayant à compter avec les
« dures nécessités d'une vie qui ne
« permettent ni au père ni à la mère

Classe de lecture à l'école maternelle.

« de le conduire dans ces établissements et de l'en ramener chaque jour. »

Ces arguments étaient complétés par l'exposé de la méthode suivie, par le programme détaillé et adopté, par l'indication de l'emploi du temps.

Quelle sera cette école ? Quel en sera son fonctionnement ? poursuit M. H. Marsoulan.

Éducation. — Apprendre aux enfants à s'habiller et à se déshabiller, à se laver les
mains et le visage et à prendre les soins de propreté nécessaires.

Leur montrer comment ils doivent manger, couper le pain, la viande, se tenir à
table et en public.

Les corriger de leurs ridicules, de leurs tics.

Dans la récréation, organiser des jeux variés, auxquels tous les enfants devront
prendre part. C'est surtout pendant les récréations que la maîtresse devra déployer

toute son ingéniosité pour inventer des jeux et des exercices qui développent les forces des élèves et leur donnent confiance en eux-mêmes, tout en les amusant.

Elle devra, néanmoins, se garder de transformer la récréation en exercices de gymnastique ayant le caractère d'une leçon régulière.

Elle donnera aux enfants des notions élémentaires d'instruction morale et civique, en profitant des mille incidents de la vie journalière et en leur racontant des histoires morales.

Exercices de langage. — Leçons familières ayant pour but d'apprendre aux enfants à s'exprimer nettement.

Description des objets usuels, exercices de mémoire, poésies très courtes, petites historiettes racontées par la maîtresse et répétées ensuite par les élèves, etc.

Lecture. — Apprendre aux enfants à distinguer les points Braille, leur nombre, la place qu'ils occupent.

Étude des lettres de l'alphabet Braille, lecture de mots simples formés des lettres étudiées. L'étude des lettres doit

Louis BRAILLE.
Inventeur de l'écriture en relief et points.
(1809-1852)
(Tiré de la *Rev. Encycl. Larousse*.)

être présentée avec méthode. La maîtresse s'inspirera des directions qui ont été données dans les conférences pédagogiques faites à l'École sur ce sujet.

Résumé d'une conférence pédagogique sur la lecture du point BRAILLE.

L'alphabet Braille a été adopté universellement par le congrès réuni à Paris à l'occasion de l'Exposition de 1889.

Louis Braille, à qui il doit son nom, est né à Couvray (Seine-et-Marne) le 4 janvier 1809.

Il est mort à Paris le 6 janvier 1852.

Fils d'un bourrelier, il eut le malheur, en jouant dans l'atelier de son père, de se blesser cruellement à l'œil avec un tranchet et de perdre la vue.

Admis à l'institution des jeunes aveugles, il s'y distingua rapidement, fut désigné par ses maîtres et appelé à l'honneur de professer à son tour.

Chercheur obstiné, il transforma l'écriture de Valentin Haüy, le premier instituteur d'aveugles, perfectionna l'idée de Barbier et créa l'alphabet en points saillants.

Valentin HAÜY.
Premier éducateur des aveugles (1745-1822)
(Tiré de la *Rev. Encycl. Larousse*.)

Sa méthode, publiée en 1829, ne fut toutefois officiellement employée à l'Institution nationale qu'en 1840.

Cette méthode est très ingénieuse et remarquable surtout par sa simplicité.

Braille, avec des combinaisons diverses de nombre et de position de six points saillants, placés sur deux lignes perpendiculaires, obtient tous les signes qui sont nécessaires pour reproduire les lettres de l'alphabet des voyants, avec ou sans accents. la ponctuation, les chiffres, la musique. Ces six points sont disposés et numérotés ainsi :

$$
\begin{matrix}
1 & \bullet & \bullet & 4 \\
2 & \bullet & \bullet & 5 \\
3 & \bullet & \bullet & 6
\end{matrix}
$$

Divisés en quatre séries de chacune dix signes, ils sont classés comme il est indiqué plus loin, en empruntant à la première série, sa disposition avec addition, tantôt du point 3, tantôt des points 3 et 6, tantôt du point 6 seulement.

La ponctuation est représentée par une cinquième série et cinq signes irréguliers.

Cette cinquième série est calquée sur la première avec cette différence que les points nᵒˢ 1-4 deviennent les points 2-5 et les points 2-5, les points 3-6. Enfin, deux autres signes irréguliers précédant un autre signe indiquent que ce dernier est un nombre ou une majuscule.

Nous donnons également à la suite de l'alphabet la ligne des chiffres, qui est la reproduction des dix premières lettres.

PROCÉDÉ DE LOUIS BRAILLE

a	b	c	d	e	f	g	h	i	j
k	l	m	n	o	p	q	r	s	t
u	v	x	y	z	ç	é	à	è	ù
â	ô	î	ô	û	ë	ï	ü	œ	w
,	;	:	.	?	!	( )	«	×	»
Apostrophe ou abréviatif	-	]	ò ou §	æ	numérique	majuscule	signe du nombre		
1	2	3	4	5	6	7	8	9	0

(Les gros points représentant les caractères sont en relief; les petits points ne servent ici qu'à indiquer la position relative des gros dans chaque groupe de six.)

Ce procédé, malgré sa très grande simplicité, n'est pas cependant facilement à la portée des jeunes enfants. Aussi, pour éviter toute complication, ne leur enseigne-t-on pas généralement le numérotage des points.

La méthode préconisée dans la maison de Saint-Mandé est celle qui consiste à graduer les difficultés comme on le pratique, d'ailleurs, pour les enfants voyants. On leur enseigne d'abord les voyelles, quelques consonnes pour leur permettre de lire de suite de petits mots.

On s'étudie ensuite, comme il est dit pour l'écriture, à ne pas mettre sous les doigts de l'enfant ou du débutant des signes se ressemblant par leur forme ou ne différant entre eux que par leur position. Ainsi, dans la même leçon, on doit éviter les lettres *e* et *i*, *d* et *f*, *h* et *j*.

Le développement du toucher est facilité par l'emploi des lettres mobiles à relief exagéré.

Ces lettres servent également à la construction des mots usuels, tel qu'il est pratiqué dans les écoles primaires des voyants dont les méthodes sont appliquées dans l'établissement pour l'épellation et pour la lecture à haute voix.

Écriture. — Attendre, pour commencer les exercices d'écriture, que les élèves soient assez exercés pour pouvoir, avec fruit, se livrer à cette étude.

Apprendre à former les points dans la réglette, puis étudier la formation des lettres, en ayant soin de commencer par les plus simples.

Éviter de montrer dans une même leçon, ou dans des leçons trop rapprochées, les lettres offrant une certaine similitude. Écrire des mots simples dès que les élèves connaissent quelques lettres, puis des phrases ayant un sens complet.

Calcul. — Exercer les enfants à compter les objets : boules, cailloux, etc. Étude des dix premiers nombres et de leurs combinaisons, puis des nombres jusqu'à 100. Les quatre opérations mentales sur des nombres de deux chiffres ; le mètre, le franc, le litre, le gramme ; étude des chiffres en relief.

Histoire. — L'enseignement de l'histoire consistera surtout en anecdotes et biographies. On ne doit pas chercher à faire un cours suivi d'histoire, il faut approprier les récits à l'intelligence des enfants, tout en respectant absolument la vérité historique.

Géographie. — Faire connaître la classe, la cour, l'École. Lorsque le temps le permettra, cette leçon pourra être donnée utilement dans les cours de récréation.

Leçons de choses. — Presque toutes les leçons précédentes sont de véritables leçons de choses, et il est nécessaire que la maîtresse possède le matériel indispensable pour que les élèves puissent toucher et se rendre compte des objets dont on leur parle. C'est par les leçons de choses surtout que l'élève sera intéressé et que son esprit s'éveillera ; la maîtresse y trouvera maintes occasions de le faire parler et de corriger son langage. Il faut que les leçons et les interrogations qui les accompagneront soient conduites méthodiquement, de manière que les élèves apprennent à observer et à découvrir progressivement et sûrement, les qualités et les propriétés des objets dont on leur parle. L'institutrice devra profiter de toutes les circonstances pour mettre les objets entre les mains des enfants ; elle leur *montrera* (chaque fois que cette expression *montrer* sera employée, cela voudra dire « par le toucher » ; si elle est conservée dans cet exposé, c'est qu'elle est toujours employée par l'enfant aveugle qui veut toujours « voir lui-même »), dans le jardin, un pied de vigne avec ses feuilles et ses fruits ; elle leur montrera un tonneau, une bouteille, un verre, un bouchon, etc. De même, elle leur montrera les pommes avec lesquelles on fait le cidre, le houblon avec lequel on fait la bière ; le blé, la farine, le pain, la neige, la glace, le bois, le charbon, le feu, les vêtements, le corps humain et ses organes.

Le boulanger, le boucher, le fruitier, l'épicier, la faim, l'appétit, l'indigestion, etc., donneront lieu à des causeries intéressantes.

Il en sera de même pour le bois, la pierre, le fer, la brique, l'ardoise, le chaume, la tuile, l'habitation ; les abeilles, les vers à soie ; le chien, le cheval, l'âne, le loup, le mouton, la poule, le pigeon, le lait, le beurre, le fromage, les œufs, les fruits, etc.

Développement des sens. — Toutes ces leçons développent le sens du toucher ; mais l'aveugle a besoin d'exercer aussi l'ouïe, l'odorat et le goût qui l'aideront souvent à reconnaître la nature des corps. La maîtresse devra donc créer une série d'exercices chargés de développer ces divers sens.

L'ouïe, surtout, devra faire l'objet d'une étude spéciale.

L'institutrice pourra, par exemple, habituer les élèves à reconnaître la nature des corps par le bruit particulier qu'elle obtiendra en frappant sur chacun d'eux. Le bruit d'une cloche, d'un sifflet de locomotive, d'un camion qui roule, etc., donnera lieu à des observations utiles.

Enfin, des leçons de chant à l'unisson ou à deux parties et, pour les mieux doués, des leçons de piano viennent compléter et affiner l'éducation de l'ouïe, en même temps qu'elles entretiendront parmi les élèves un air de gaieté et de joie qui fera aimer l'école et le travail.

Cours normal. — L'unité de méthode sera assurée par le Directeur, chef des études, qui aura à coordonner, à diriger les efforts par des conférences pédagogiques régulières qui devront ensuite être transcrites, réexposées et résumées par le personnel enseignant.

Conférence pédagogique faite au personnel de l'école.

Telles sont les grandes lignes, les bases du programme suivi à l'École Braille pour les classes des commençants, tout en tenant compte de l'âge et du développement cérébral de l'enfant.

Pour les hautes classes, ce programme va s'élargissant dès que l'élève est susceptible de comprendre et de penser.

Alors, le maître peut recourir au livre, abandonner l'enseignement individuel et aborder l'enseignement collectif.

Il se rapproche alors du maître des voyants, et il use beaucoup de la parole tout en astreignant ses élèves à une manipulation constante.

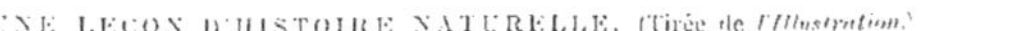

UNE LEÇON D'HISTOIRE NATURELLE. (Tirée de l'*Illustration*.)

Ce programme des hautes classes comporte l'orthographe, le calcul, l'étude des objets usuels rapidement décrits, touchés et retouchés, les définitions géographiques, la connaissance des principales villes, des cultures et des industries de chaque région, les récits les plus saillants de notre histoire nationale, la biographie des grands hommes, la géométrie, les premières notions sur les sciences, l'instruction civique, les exercices de récitation, l'explication des mots. En un mot, on met en pratique les conseils que donnait autrefois M. Michel Bréal aux éducateurs des écoles primaires, quand il recommandait de « parler à l'élève de ses ancêtres, de la contrée qu'il habite, de ses vieux édifices, des anciennes églises et des restes des vieux châteaux d'autrefois; de l'instruire dans la connaissance de l'histoire de son foyer pour le rendre fier de ses héros domestiques ».

L'éducation morale qui est le grand moteur de la vie est l'objet de la sollicitude particulière des maîtres de l'École Braille qui ont à s'adresser à des abandonnés, à des négligés ou surtout à des gâtés.

Après avoir étudié le caractère des élèves, leur nature, leurs tendances, l'instituteur prend, pour auxiliaire dans l'accomplissement de sa mission, la lecture de sujets où les grandes vertus, l'abnégation, le courage, le dévouement, la solidarité, la fraternité, l'honneur, le patriotisme sont justement exaltés (1).

Le maître ne se préoccupe nullement de l'état d'infirmité de son élève.

Au contraire, il doit lui donner chaque jour des leçons d'économie domestique.

Il doit lui apprendre à mettre en ordre ses livres, ses papiers; à balayer la classe, à épousseter les meubles, à faire et à bien dresser son lit, à brosser ses habits, à cirer ses souliers, plier le linge et l'empiler dans les armoires; coudre, repriser; éplucher les légumes, peler les pommes de terre, les carottes, etc.; faire le feu, assaisonner et préparer les aliments, allumer la lampe, etc., de façon à ce qu'il puisse, majeur, garçon ou fille, tenir convenablement et proprement son petit ménage.

(1) Rapport au Conseil d'administration de la Société, le 18 juin 1884.

CHAPITRE IV

ENSEIGNEMENT PROFESSIONNEL. — CONSIDÉRATIONS GÉNÉRALES

L'enseignement professionnel, qui est notre plus grand souci, tient à l'école une place encore plus large, si c'est possible, dans les préoccupations des fondateurs de l'œuvre.

Il est l'objectif principal de cette création et, pour le faire connaître, on ne saurait entrer dans les plus minutieux détails.

Dans ce but, pour donner plus de valeur à l'exposé ci-après, nous reproduirons une *Étude spéciale* que nous devons à l'un des membres de la commission de surveillance et de perfectionnement de l'École.

Sa lecture pourra être utile à certains éducateurs d'aveugles; elle évitera aux débutants des hésitations, des tâtonnements, d'autant mieux qu'elle expose en quelques pages, la méthode adoptée et qu'elle promène agréablement le lecteur de la classe à l'atelier.

Classe de travaux manuels à l'école maternelle.

Dès son admission à l'École, le petit aveugle doit s'instruire, avons-nous dit, en recourant aux organes que la marâtre nature ne lui a pas enlevés et principalement par l'ouïe et le toucher. C'est surtout par le toucher et l'ouïe qu'il entre en relations avec le monde extérieur, qu'il peut se rendre compte des lieux qui l'entourent, des objets qui sont à sa portée; c'est par le toucher exercé qu'il arrivera à se rapprocher du voyant et à devenir ouvrier après avoir consacré tout son temps d'étude à l'apprentissage des métiers qui lui procureront des salaires.

Aussi cultive-t-on avec le plus grand soin le toucher de l'aveugle et s'empresse-t-on chaque jour de l'exercer.

L'apprentissage à l'atelier, même du petit enfant de trois ans, est imposé à tous.

Chaque jour, les maîtresses de classe donnent à leurs élèves des leçons de travaux manuels (*Voir l'horaire des petites et des grandes classes.*) et s'efforcent d'exciter leur zèle, de captiver leur attention. pour que chacun d'eux, à l'âge de treize ans, soit en mesure de revêtir le tablier ou le bourgeron.

Dès qu'il a eu l'honneur de passer dans la catégorie des ouvriers, l'élève devient, à ses yeux et aux nôtres, un véritable personnage.

Il doit payer pendant les deux premières années, par son salaire, sa nourriture et son entretien ; puis, toutes ses dépenses de quelque nature qu'elles soient ; le reliquat de son avoir est inscrit sur son livret, pour parer aux dépenses de son installation en chambre à l'époque de sa majorité et à la constitution de la pension de retraite

L'atelier de l'École Braille fonctionne comme celui des industries ordinaires.

A la tête de chaque nature d'atelier est placé un maître voyant, aidé, suivant les besoins, par un ou deux sous-chefs.

Ce maître distribue le travail, surveille la fabrication et en tient état sur des feuilles quotidiennes qui, résumées chaque semaine, sont totalisées à la fin du mois et reportées, pour le salaire, en un seul chiffre, sur le livret de l'ouvrier.

La feuille quotidienne indique le poids et la valeur de la matière livrée à l'ouvrier, l'en débite, énumère ses divers travaux et les évalue en argent, suivant le tarif arrêté mensuellement par le fondateur délégué à l'administration de l'École.

Le livret présente, mois par mois, le *doit* et l'*avoir* de l'ouvrier. Le *doit*, c'est-à-dire ses frais de nourriture, d'entretien. d'achats divers ; l'*avoir*, c'est-à-dire le bénéfice qu'il a réalisé par son travail.

L'excédent est versé, comme il a été dit plus haut, à une caisse spéciale pour l'achat ultérieur de son mobilier personnel et l'établissement de sa retraite future.

Il existe actuellement à l'École Braille cinq sortes d'ateliers : celui de la vannerie, celui du cannage et du rempaillage des sièges, celui de la brosserie, celui de la paillassonnerie et celui des couronnes de perles.

L'ouvrier aveugle ne peut pas terminer entièrement son travail ; il a besoin de recourir, pour que la fabrication soit absolument marchande et surtout pour obtenir des salaires plus élevés, à des auxiliaires voyants qui contrôlent la parfaite exécution du travail, grattent, changent, vernissent les montants et barreaux des sièges, clouent et emmanchent brosses et balais, montent en gerbes, palmes et couronnes les fleurs de perles.

Ces auxiliaires attachés à l'École à titre permanent reçoivent des salaires fixes.

Étude sur l'École Braille et ses ateliers (1). — Cet exposé succinct permettra maintenant au lecteur de lire avec plus de fruit l'étude suivante :

---

(1) Chaumeil, inspecteur général honoraire de l'Université. — Mai 1893. — Son Étude spéciale sur l'*École Braille et ses ateliers*.

« L'École Braille est située à Saint-Mandé, près de la station du chemin de fer. Les bâtiments qu'elle occupe viennent d'être complétés par une magnifique construction destinée aux ateliers et aux magasins.

En entrant dans la cour d'honneur de l'établissement, on voit au frontispice de la façade principale un remarquable bas-relief, œuvre d'un de nos grands statuaires médaillistes. Ce bas-relief définit d'une manière frappante le caractère et le but de l'École Braille : à droite, un aveugle mendiant conduit par un chien ; au milieu, une figure de femme symbolisant la Société d'assistance ; à gauche, un groupe d'aveugles travailleurs. Par un geste à la fois noble et sévère, l'aveugle mendiant est repoussé, tandis qu'un mouvement harmonieux du corps fait incliner la protectrice du côté des protégés, les aveugles travailleurs.

L'École Braille, tout en donnant aux jeunes aveugles une éducation morale et intellectuelle des mieux comprises, a surtout pour but d'en faire des hommes utiles à eux-mêmes et à la société par le travail, qui seul donne la dignité et l'indépendance. L'aveugle sans métier est fatalement condamné à être une charge publique, un mendiant ; pour en faire un membre actif de la société, se suffisant à lui-même, il faut lui apprendre un métier en rapport avec ses aptitudes et compatible avec son infirmité. C'est une erreur économique et psychologique de vouloir enfermer tous les aveugles dans le même cercle professionnel. Les aptitudes sont aussi variées chez les aveugles que chez les voyants ; si on ne tenait pas compte de ce fait, les insuccès seraient écrasants. Lors même que tous les aveugles arriveraient à la médiocrité dans le métier unique, la concurrence entre eux et les voyants rendrait ce métier improductif et les rejetterait dans la mendicité. Le philanthrope, fondateur de l'École Braille, M. A. Péphau, a embrassé toutes ces questions et les a résolues autant avec son cœur qu'avec son intelligence.

Nous entrerons dans quelques détails sur le fonctionnement de l'École Braille, parce qu'il suffit de la bien connaître pour lui vouer un intérêt sympathique. Les élèves de cette école reçoivent d'abord une instruction équivalente à celle des enfants du même âge des écoles primaires ordinaires ; nous pouvons même dire que l'avantage ne serait pas toujours du côté des voyants. L'aveugle voit avec ses mains. On lui apprend à lire avec des livres spéciaux dont les caractères sont en relief ; il palpe ces caractères, les nomme, les assemble en syllabes, en mots, en phrases. L'habitude le conduit à déchiffrer le texte qu'il a sous les mains aussi facilement que le voyant lit le livre qu'il a sous les yeux. La forme des lettres de l'alphabet des aveugles ne ressemble pas à celle des voyants : l'alphabet Braille est une combinaison de points qui n'est point sans analogie avec l'alphabet télégraphique de Morse. Louis Braille était un aveugle de génie dont le système d'écriture est aujourd'hui universellement employé par les aveugles (1). M. Péphau a été bien inspiré en donnant le

---

(1) Un comité de souscription, dans lequel figuraient les principaux fondateurs de la Société d'Assistance pour les Aveugles, a fait élever à Coupvray (Seine-et-Marne), lieu de naissance de Louis Braille (1809-1852), un monument à **sa** mémoire.

L'inauguration a eu lieu le 30 mai 1887.

De son côté, le Conseil municipal de la ville de Paris a donné le nom de Louis Braille à une rue du XIIe arrondissement.

nom de Braille à l'institution qu'il a fondée : on oublie si facilement les bienfaiteurs de l'humanité !

Pour écrire, les aveugles sont munis d'un châssis rectangulaire qui reçoit le papier ; une réglette en cuivre, ajourée de petits rectangles disposés sur deux lignes, se meut parallèlement à elle-même. L'élève, armé d'un style à pointe mousse, fait sur les bords des petits rectangles les points nécessaires pour représenter les lettres et les mots qu'il veut écrire. A la fin de ces deux lignes, il descend la réglette et commence deux autres lignes. La page terminée, il enlève la feuille du châssis, la retourne du côté où les points sont en saillie et lit avec les doigts.

Les livres à l'usage des élèves sont imprimés à l'école. L'imprimerie est très simple et très curieuse. Dans l'appareil à écrire, remplacez la feuille de papier par une feuille de cuivre ou de zinc et le style par un poinçon et donnez un marteau à l'élève ; il écrira avec le poinçon et le marteau sur le cuivre comme il avait écrit sur le papier avec le style. La feuille de cuivre retournée est un véritable cliché d'imprimerie ; il n'y a qu'à mettre le cliché sous presse avec une feuille de papier *ad hoc* et les points, c'est-à-dire l'écriture du cuivre, sont transportés sur le papier.

L'enseignement de la langue française présente, on le conçoit, des difficultés particulières. Dans la méthode véritablement philosophique employée à l'École Braille, on commence l'enseignement grammatical par le verbe. Ce que les élèves connaissent le mieux, en effet, ce sont les actes. Les idées de manger, de boire, de toucher, de marcher, de travailler, de se reposer, de s'asseoir, de se lever, de se coucher, de dormir, d'aimer, de désirer, d'avoir de la peine, du chagrin, de la satisfaction, de la joie, leur sont beaucoup plus familières que les idées de choses rendues par des noms. Le verbe c'est la parole, voilà pourquoi les aveugles apprennent presque aussi vite à parler que les voyants. Les noms d'actions familières sont vite saisis dans leur signification ; pour les noms d'objets, il faut avoir recours à la leçon de choses ; c'est l'attouchement des objets qui remplace l'observation visuelle. L'adjectif est un véritable nom, un nom de qualité qui s'ajoute au substantif pour lui donner un sens plus défini, moins général. *Rouge* est un nom de couleur ; ajouté au substantif *ruban*, il donne *ruban rouge* dont la signification est moins générale que celle de *ruban* sans épithète. Mais les couleurs sont des qualités qui tombent exclusivement sous le sens de la vue et qui échappent par conséquent aux aveugles. C'est une avenue de l'intelligence fermée qui impose le devoir d'élargir les autres. Il est possible de le faire en développant les autres sens. Le toucher leur donne l'idée d'étendue, de grandeur, de petitesse, de grosseur, de finesse, de poli, de rude, de souple, de rigide, de toutes les formes géométriques ; le relief des formes humaines et des œuvres d'art peut même leur donner le sentiment du beau. Mais c'est surtout le sens de l'ouïe qui ouvre aux aveugles des horizons immenses sur les passions de l'âme. Ils saisissent, dans les modulations de la voix, les sentiments qui animent ceux qui leur parlent, la bienveillance, la bonté, la tendresse ; tous les degrés de la satisfaction, comme du mécontentement ; la joie et la souffrance, le bonheur et la peine. La musique n'est pas un art d'agrément pour les aveugles, c'est un puissant moyen d'éducation morale ; elle n'est pas négligée à Braille, quoiqu'on n'y vise pas à faire des musiciens de profession.

Les aveugles deviennent fort habiles en calcul, ce qui prouve que l'esprit synthétise admirablement les sensations du toucher. C'est à l'aide du boulier compteur que l'on donne aux élèves la première idée des nombres, de leur composition et de leur décomposition. Il faut un petit boulier à main pour chaque élève, sans quoi l'enseignement serait individuel et donnerait des résultats moins rapides que l'enseignement simultané. De l'exercice du boulier, on passe à la numération écrite ; un appareil fort ingénieux permet aux aveugles d'écrire les nombres, de les additionner, de les soustraire, de les multiplier, et de les diviser, à la manière des voyants. Cet appareil consiste en un châssis recouvert d'une planche métallique percée de trous carrés d'un peu plus de 1 centimètre, trous également espacés et disposés en ligne horizontales et verticales ; de deux cubes de 1 centimètre d'arête, portant sur les faces, l'un les six premiers chiffres de la numération, l'autre les trois derniers, le zéro, les signes $+$, $-$. Ces deux cubes doivent être en nombre, comme les caractères d'imprimerie. Un nombre est-il dicté, l'élève place les cubes portant les chiffres qui le représentent dans une ligne horizontale de trous carrés réservés dans la planche. Si on dicte plusieurs nombres, les cubes sont placés sur autant de lignes horizontales de manière que chaque ordre d'unité se trouve sur la même ligne verticale ; l'addition se fait en commençant par la droite et en mettant successivement sous chaque colonne additionnée le cube qui porte le chiffre convenable. L'aveugle procède de même pour les autres opérations ; il imite en ceci le voyant, avec cette seule différence qu'il lit avec les doigts les chiffres en relief qui sont sur les cubes. Ce n'est qu'après que les élèves sont suffisamment exercés aux quatre opérations écrites qu'on les rompt au calcul mental rapide. Le principe des abréviations du calcul mental découle de la numération écrite : c'est la multiplication par 10, 100, 1,000, etc., en ajoutant à la droite du nombre un, deux, trois zéros, etc. et la division par 10, 100, 1,000, etc., en séparant à la droite du nombre un, deux, trois chiffres, etc. Cette addition de zéros et cette séparation de chiffres se font admirablement sur des nombres qui n'existent que dans la mémoire ; il en est de même des multiplications et des divisions mentales par 2, par 5, par 25, par 50, etc. Les interrogations en calcul à l'École Braille émerveillent toujours les auditeurs ; les interrogations en géométrie n'ont pas moins de succès.

Mais ce qui étonne le plus les visiteurs, c'est la force des élèves en géographie, science essentiellement d'aspect, qui, semble-t-il, devrait être inaccessible aux aveugles. Mais l'École Braille a créé des cartes qui rendent facile ce qui paraissait impossible. Pour construire, par exemple, une carte de France, on prend pour fond de la carte un panneau rectangulaire en bois léger. On découpe sur la carte que l'on veut reproduire une feuille de linoleum en suivant bien les contours de la contrée figurée. La feuille de linoleum découpée est collée sur le panneau et forme relief. Le contour de ce relief indique au toucher les limites de la France ; les limites des provinces sont des bandes étroites de cuir ; les limites des départements des bandes plus étroites ; des fils de cuivre de grosseur différente indiquent les rivières et les fleuves ; des bandes de cuir larges et épaisses, les chaînes de montagnes ; des clous isolés, les principales villes ; des chevilles, les ports de mer ; des cordes fines qui courent sur des pitons à 1 centimètre au-dessus de la carte, les chemins de fer. Devant la carte, les aveugles commencent par prendre pour se guider, la corde qui pend, fixée à un bout sur le point *Paris.* Ils étudient au toucher la partie de la carte qui fait l'objet de la leçon. On part des grandes divisions faciles à saisir et à classer dans la mémoire, pour arriver aux moindres détails. Mais avec les cartes de chevalet, les élèves ne pouvaient étudier que l'un après l'autre et l'enseignement était individuel. Lorsque les élèves devinrent nombreux à l'École Braille, il y

Une leçon de géographie. (Tirée du *Monde moderne.*)

eut nécessité de renoncer à l'enseignement individuel, même pour la géographie. On dut inventer de nouvelles cartes.

L'invention a consisté à approprier aux aveugles les *cartes jeu de patience,* vendues comme jouets. Pour cela on fait les pièces mobiles plus hautes que le fond; ce relief permet de définir au toucher les limites de la contrée. Chaque pièce découpée répond à une division territoriale; la forme en est saisissable pour les aveugles qui trouvent, aussi vite que les voyants, les pièces qui s'emboîtent autour de la pièce prise la première, celles qui s'emboîtent autour d'un premier groupe, d'un second groupe, etc. Les fleuves et les rivières sont indiqués en creux et forment des tronçons sur les pièces découpées; ces tronçons facilitent par leurs amorcements l'assemblage de la carte. Les chemins de fer sont indiqués par des lignes de petits clous; les villes, par des trous de différentes formes selon leur importance. Chaque élève suit la leçon collective avec sa carte, et c'est merveille de voir les élèves exercés présenter tous à la fois la province désignée ou une série de provinces traversées par le même fleuve.

Nous aurions beaucoup à dire encore sur l'École, ses admirables méthodes et ses résultats surprenants; mais nous avons hâte de passer à l'enseignement professionnel, *au Palais du travail.*

Cet édifice, aux larges proportions, inondé de lumière, fournira pour chaque métier enseigné aux aveugles une vaste salle d'atelier, un magasin pour les matières premières et un magasin pour les objets fabriqués.

Les métiers enseignés, à ce jour, à l'École Braille sont la confection des paillassons, la vannerie, le rempaillage, le cannage, la brosserie et la confection des couronnes de perles.

Pour la confection des paillassons, les élèves font des tresses d'alfa qu'ils réunissent deux à deux; ces bandes sont ensuite tissées, en quelque sorte, sur un métier, consistant en une espèce de peigne formé d'un madrier de la longueur du paillasson et de tiges de fer, régulièrement espacées et plantées dans le madrier; les tiges de fer sont verticales et terminées à l'extrémité libre par une petite cavité. L'élève tisse, avec des tresses d'alfa, sur cette chaîne de fer; lorsque le peigne est plein, on applique des aiguilles à ficelle sur la cavité de chaque tige de fer et en un tour de main la ficelle a remplacé le fer, et le paillasson est fait. Pour les paillassons riches, sortes de tapis, on a des métiers formés d'une planche de la dimension du tapis, hérissée de pointes plantées en échiquier et hautes de l'épaisseur du tapis. Les élèves contournent la tresse à travers ces pointes, de manière à former des dessins variés. Dans le travail des paillassons, c'est le métier qui guide la main. Nous décrivons les métiers, les instruments de travail minutieusement, parce que ces descriptions donnent l'intelligence de la méthode employée pour faire faire aux aveugles ce que font les voyants. Les instruments de travail n'ont pas tous été créés à l'École, mais la plupart ont été modifiés pour permettre aux aveugles de les utiliser.

Le rempaillage des chaises et le cannage se font de la même manière, que l'ouvrier soit aveugle ou voyant. Le cadre de la chaise guide l'aveugle; la finesse de toucher qui lui est propre lui permet de donner au toron de paille une grosseur uniforme et d'artistement habiller ce toron avec une paille blanche ouverte en ruban. Dans le cannage, il se sert avec dextérité de la reprise, du peigne ou approchoir; la *restante* est une aiguille fixe particulière aux aveugles et servant à les guider dans les passages de canne. Il y a quatre passages, deux dans le sens parallèle aux côtés de la chaise, et deux dans le sens des diagonales. Il en résulte un dessin en hexagones du plus bel effet, et ce sont des aveugles qui dessinent ainsi avec des brins de canne !

La première opération de la vannerie consiste dans le triage des osiers; il faut les classer par grosseurs. Pour cette besogne, les mains des aveugles valent les yeux des voyants. Le mouillage a pour but de rendre l'osier souple; cette opération doit être renouvelée lorsque le travail est discontinu. Les aveugles, pour faire un ouvrage de vannerie, un panier, par exemple, ont besoin d'un modèle et d'une forme. La forme consiste en une planche carrée, munie de coins d'arrêt aux angles; chaque grandeur de panier a sa forme. Sur un objet pour guide, la main des aveugles apprécie les distances

ATELIER DE CANNAGE ET DE PAILLAGE. (Tirée de l'*Illustration*.)

avec précision, mais elle est impuissante dans le vide. Une fois la forme déterminée, le travail devient facile et le toucher remplace le coup d'œil. Toutefois, le toucher est moins rapide, et un aveugle ne fait guère que deux pièces lorsque le voyant en fait trois. Encore

Atelier de vannerie. (Tirée de l'*Illustration*.)

faut-il que le travail des aveugles soit terminé par un voyant, dans les parties délicates.

L'émancipation des aveugles ne sera jamais complète ; ils auront toujours besoin de voyants soit pour finir certaines pièces, soit pour le montage de certaines autres, et enfin, pour les relations extérieures, l'achat des matières premières et la vente des objets fabriqués. Mais leur travail leur rapportera un salaire suffisant pour leurs dépenses personnelles et celles d'une famille ; c'est là la véritable indépendance.

La brosserie est un bon métier pour les aveugles. Les planchettes trouées pour recevoir les pincées de crins sont achetées toutes prêtes par les ouvriers voyants comme par les ouvriers aveugles. Le délicat du métier consiste à faire les pincées bien égales et juste à la mesure des trous de la planchette. Les aveugles, si merveilleusement doués sous le rapport du tact, ont à cet égard une supériorité sur les voyants. La ficelle qui retient les pincées ployées sur elles-mêmes est attachée à un piton guide, et le travail de bouclage se fait rapidement et sans hésitation.

Atelier de brosserie.

La confection des couronnes de perles, métier réservé aux jeunes filles, est le triomphe de l'École Braille. Les ouvrières aveugles deviennent des artistes et marient les couleurs comme les voyants. C'est prodigieux au simple énoncé; ce ne le sera plus après quelques mots d'explication. Imaginez-vous les perles distribuées, par couleurs, dans une boîte à compartiments, comme les caractères d'imprimerie sont distribués, par lettres, dans la casse. L'ouvrier imprimeur, par le fait de l'habitude acquise, ne regarde pas la casse pour choisir les lettres et se trompe rarement; l'ouvrière en perles apprend à si bien distinguer au toucher les compartiments de sa boîte renfermant chacun des perles de même couleur qu'elle ne se trompe jamais. Pour alterner les couleurs elle compte les perles; par exemple pour un tortil aux couleurs nationales, de cinq perles pour chaque couleur, elle puisera

Atelier de perles.

cinq fois dans la case des perles bleues, de même dans la case des blanches et des rouges. Il n'y a plus de mystère dans ce travail; mais l'admiration n'en est que plus grande pour la méthode qui conduit à des résultats si étonnants par des moyens si simples. Lorsque l'ouvrage a une certaine longueur, au lieu de compter les perles, on mesure les dimensions voulues, données sur l'établi par des têtes d'épingle. La cannetille, fil de fer sur lequel s'enroule en spirale un cordon de perles, est l'étoffe de la confection des couronnes. Il importe donc de fabriquer sa cannetille vite et bien. Un simple appareil, fait avec une vieille machine à coudre, dépouillée de sa navette, de ses aiguilles, munie d'un crochet à l'extrémité de son axe, remplit ce double but. La machine agit comme une roue de cordier ; une S portant un petit poids sert à espacer les spires du cordon de perles sur le fil de fer tendu. Dans cet état rudimentaire, l'appareil permet aux ouvrières de gagner, en l'employant, trois fois plus qu'en faisant de la cannetille à la main. L'invention est heureuse et elle sera perfectionnée.

L'École Braille ne nous en voudra pas de divulguer ses méthodes ingénieuses et ses inventions si utiles ; elle ne travaille que pour les déshérités et se réjouira des emprunts qu'on lui fera ; elle est déjà riche et peut prêter beaucoup.

Cependant elle ne compte que dix années d'existence : c'est, en effet, le 1ᵉʳ janvier 1883 qu'elle fut installée par M. Péphau dans un humble local, avec deux élèves. Le fondateur

Magasin de dépôt de l'atelier de brosserie.

avait la foi des grands cœurs ; sans se dissimuler les difficultés à surmonter, il avait foi dans l'avenir, et le temps lui a donné raison. Il avait foi surtout dans ce bon levain des grandes œuvres, la générosité et l'humanité qui sont le fond de l'âme de la France. La petite école est devenue palais et les deux élèves sont devenus cent vingt-six. »

Durée des études: — Les études durent dix ans : de trois à treize ans.

Quand l'élève a atteint sa treizième année, il passe à l'atelier; mais il est tenu, jusqu'à sa majorité, à consacrer chaque jour une heure au cours d'adultes.

Horaire. — L'emploi du temps n'est pas le même pour les trois grandes divisions de l'École :

Petites classes de trois à six ans; — Grandes classes, de six à treize ans ; — Ateliers.

HORAIRE	PETITES CLASSES	HORAIRE	GRANDES CLASSES
Heures — *Heures*		*Heures* — *Heures*	
7 » à 8 »	Lever des enfants. Soins de propreté.	6 1/2 à 7 1/2	Lever des élèves. Soins de propreté.
8 » à 9 »	Déjeuner et Récréation.	7 1/2 à 8 »	Déjeuner des élèves.
9 » à 9 1/2	Classe.	8 » à 8 3/4	Classe.
9 1/2 à 10 »	Récréation.	8 3/4 à 9 1/4	Gymnastique.
10 » à 10 1/2	Classe. Travail manuel.	9 1/4 à 10 »	Classe.
10 1/2 à 11 »	Récréation.	10 » à 10 1/4	Récréation.
11 » à 11 1/2	Classe.	10 1/4 à 11 1/2	Classe.
11 1/2 à 11 3/4	Lavage des mains et des yeux. Propreté.	11 1/2 à 11 3/4	Lavage des yeux. Soins de propreté.
11 3/4 à 12 1/4	Déjeuner.	11 3/4 à 12 1/4	Déjeuner.
12 1/4 à 1 1/2	Récréation.	12 1/4 à 1 »	Récréation.
1 1/2 à 2 »	Gymnastique.	1 » à 2 »	Travail manuel.
2 » à 3 1/4	Classe et Travail manuel.	2 » à 2 1/4	Récréation.
3 1/4 à 4 »	Goûter et Récréation.	2 1/4 à 3 1/4	Classe.
4 » à 4 1/2	Classe.	3 1/4 à 4 »	Goûter et Récréation.
4 1/2 à 5 »	Récréation.	4 » à 5 »	Classe.
5 » à 5 1/2	Gymnastique. Leçon d'habillage.	5 » à 5 1/4	Récréation.
		5 1/4 à 5 3/4	Gymnastique ou solfège. Études de piano.
5 1/2 à 6 »	Chant.	5 3/4 à 6 1/4	Récréation.
6 » à 6 1/2	Récréation. Soins de propreté.	6 1/4 à 6 1/2	Soins de propreté.
6 1/2 à 7 »	Dîner.	6 1/2 à 7 »	Dîner.
7 » à 7 1/2	Récréation.	7 » à 7 1/2	Récréation.
7 1/2 à 8 »	Coucher.	7 1/2 à 8 1/4	Récréation. Lecture ou Chant.
		8 1/2	Coucher.

HORAIRE	ATELIERS	HORAIRE	ATELIERS
Heures — *Heures*		*Heures* — *Heures*	
6 1/2 à 7 1/2	Lever des ouvriers. Soins de propreté.	1 » à 3 3/4	Ateliers.
		3 3/4 à 4 »	Goûter et Récréation.
7 1/2 à 8 »	Déjeuner des ouvriers.	4 » à 6 1/4	Ateliers.
8 » à 10 1/2	Ateliers.	6 1/4 à 6 1/2	Soins de propreté.
10 1/2 à 11 1/2	Classe.	6 1/2 à 7 »	Dîner.
11 1/2 à 11 3/4	Lavage des yeux. Soins de propreté.	7 » à 7 1/2	Récréation.
		7 1/2 à 9 »	Chant. Solfège ou Gymnastique.
11 3/4 à 12 1/4	Déjeuner.		
12 1/4 à 1 »	Récréation.	9 »	Coucher.

Les leçons de piano ont lieu toute la journée; chaque élève et chaque ouvrier a une étude et une leçon.

CHAPITRE V

LIVRES — MOBILIER SCOLAIRE — MUSÉE

Livres. — Les livres classiques pour aveugles sont fort rares. Ils prennent beaucoup de place et imposent de fortes dépenses.

Aussi s'est-on trouvé dans la nécessité de résumer les livres en usage dans les écoles primaires de la ville de Paris pour former la bibliothèque de l'école qui ira s'enrichissant chaque année.

Ces résumés acquis, les collaborateurs de l'école ont composé, imprimé, relié les livres dont voici la nomenclature :

Connaissances usuelles ou leçons de choses. . . .	1	volume
Résumé de leçons sur les sciences.	1	—
Géographie de la France.	1	—
Géographie générale.	1	—
Biographie des auteurs et morceaux choisis de littérature française.	2	—
Chronologie de l'Histoire de France.	3	—
Recueil de problèmes : Cours élémentaire.	1	—
Id. — moyen.	1	—
Id. — supérieur.	1	—

Cartes de géographie. — Ces cartes, dont la description a été donnée dans l'étude de M. Chaumeil, ont été toutes créées et construites par les collaborateurs de l'École. Chacune d'elles occupe une surface de 1 mètre carré environ.

En voici la liste à ce jour :

> 21 Cartes de France par province.
> 7 Europe.
> 14 Afrique.
> 12 Asie.
> 17 Amérique.

Total . .   71

Géographie physique de la France.
  Id.   de l'Europe.
  Id.   des cinq parties du monde. } 27
Géographie politique   —   5
71 Cartes découpées (jeux de patience). 71
 1 — écrite en Braille. Surface 4 mètres carrés. 1
Globe terrestre. Diamètre 1 mètre. 1
Planisphère. 1
Plan de Paris. 3
Onze en préparation (Asie, Amérique, Océanie). . 11
     1   9   1

           Total. . . . 120

Cartes pour apprendre l'histoire. — Des cartes en relief, également construites à l'École, permettent à l'élève de fixer dans sa mémoire les leçons orales qu'il reçoit :

L'une indique la grandeur ou la décadence de notre pays à travers les siècles, ses agrandissements territoriaux ou ses pertes ; l'autre donne la généalogie et la succession des rois, princes, empereurs, présidents de la République.

Enseignement du calcul. — Les opérations du calcul sont facilitées à l'aveugle par l'emploi de petits cubes qui portent sur chacune de leurs faces des signes Braille ou des chiffres qu'il dépose sur des grilles.

Celui de la géométrie, par deux grands tableaux présentant, en relief, les figures géométriques et par une série de petites pièces en métal affectant toutes les formes, et destinées, sous le nom de bons points, à servir de récompenses ou de monnaie courante pour les dépenses quotidiennes.

Musée. — L'École s'évertue à constituer un musée pour aider à la connaissance du corps humain, de son squelette ; pour la démonstration de la circulation du sang, de la digestion ; pour l'étude de la zoologie, des minéraux, des végétaux ; pour celle des matériaux et formes diverses qui constituent la construction. On y voit des modèles de machines, de moteurs à vapeur, d'engrenages, etc.

Les visiteurs y admirent le beau tableau de Mazerolle, qui a été reproduit par la photogravure, et dont des copies sont remises, à titre de brevet, aux bienfaiteurs de la Société, aux collaborateurs de l'École et à nos pupilles devenus ouvriers.

Tables de classe. — La table de classe est à deux places ; elle mesure $1^m,80$; son tablier est horizontal ; au-dessous de lui, une planchette reçoit avec les poinçons les tablettes à calculer et à écrire ; à droite et à gauche, des armoires, cases verticales, permettent à l'élève de ranger ses livres comme sur les rayons d'une bibliothèque.

Diplôme d'ouvrier. (Tiré du *Monde moderne*.)

Machine écrivant simultanément les lettres vulgaires et le point Braille.
— L'admirable invention de Louis Braille permet à l'aveugle de sortir de son isolement
et de transmettre sa pensée à ses camarades d'infortune. Grâce à elle, il peut fixer ses
idées, régler ses affaires, commercer, etc.; mais la barrière qui le séparait du voyant
existe toujours parce que ce dernier ne consent que fort rarement à en apprendre les
signes.

Aussi, les fondateurs de l'École se sont-ils évertués à créer une machine qui, par
l'écriture simultanée, permettrait à l'aveugle et au voyant d'échanger leurs corres-
pondances sans être astreints, l'un à connaître les points Braille, l'autre les lettres
vulgaires.

La machine cherchée devait posséder un grand nombre de qualités : elle devait
être légère et solide; elle devait imprimer nettement, tout en ne possédant que le mé-
canisme indispensable; enfin, condition rigoureuse, le prix de l'appareil devait être
accessible à la bourse du plus pauvre.

La Société d'assistance, après avoir produit depuis 1884 (1), une série de machines

____

(1) Appareil Péphau-Saint-Gorgon.

plus ou moins pratiques, plus ou moins pesantes, plus ou moins chères, prit le parti d'appeler à un concours les mécaniciens français.

Le concours ouvert en 1895 donna successivement, en 1896 et 1897, des résultats fort honorables; celui de 1898 paraît avoir définitivement résolu le problème, et l'on peut dire que l'aveugle possède aujourd'hui, sans qu'il soit nécessaire d'y apporter, par la suite, de grands perfectionnements, un appareil écrivant simultanément le point Braille et la lettre vulgaire.

Machine Saint-Gorgon
écrivant simultanément le point Braille et la lettre vulgaire,
ayant obtenu le premier prix au Concours de 1898.

CHAPITRE VI

SERVICE MÉDICAL

Le service médical est assuré par un médecin titulaire, par un médecin adjoint, par un médecin dentiste et par les médecins oculistes des Quinze-Vingts.

Infirmerie — L'infirmerie de l'Établissement, située comme il est dit à la page 32, dans un bâtiment indépendant, se compose de dortoirs affectés aux malades des deux sexes et de salles d'isolement destinées aux malades mis en observation ou atteints de maladies contagieuses ; une salle de consultation, une tisanerie, une petite pharmacie, des chambres particulières pour les infirmières, complètent son installation.

La constitution physique de la population qui est fort délicate, par suite des souffrances et des privations endurées dans la famille, et surtout, en raison de ses affections héréditaires, réclame des soins spéciaux.

Aussi, arrive-t-on, grâce à une hygiène méthodique et à une alimentation très saine, à transformer ces débiles en êtres bien portants et même vigoureux, capables de supporter les fatigues de l'atelier.

Toutefois, dans la première enfance, les soins spéciaux qui sont donnés à certaines catégories de malades entraînent la maison à l'obligation d'enregistrer un chiffre relativement élevé pour les journées passées, soit à l'infirmerie, soit dans les hôpitaux de Paris, soit dans les familles.

Visite des docteurs à l'infirmerie.

C'est ainsi que, pour l'année 1897, le mouvement de la population de l'infirmerie et au dehors a été de 4,6 pour 100 de la population entière, en comprenant certains cas de teigne tonsurante, qui ont nécessité un traitement très prolongé.

Statistique des causes de cécité. — La création de la clinique ophthalmologique a naturellement conduit les fondateurs de l'École Braille à établir des statistiques des causes qui ont amené la cécité et à rechercher les moyens de prévention que la science procure.

Chaque élève, à son entrée, est muni d'*un livret médical*, dont voici les divisions et subdivisions :

1° SERVICE MÉDICAL PROPREMENT DIT

Nom :
Antécédents héréditaires :
Constitution :

   Maladies
   antérieures

Existe-t-il un vice de conformation :

État des organes
- respiratoires :
- digestifs :
- circulatoires :
- auditifs :

Existe-t-il des traces
- de rachitisme ?
- d'affections articulaires ?
- d'affections cutanées ?

OBSERVATIONS :

2° SERVICE OPHTHALMOLOGIQUE

Nom :
Etiologie :

Acuité visuelle
- O. D.
- O. G.

Diagnostic
- O. D.
- O. G.

Antécédents (déclaration des parents.)
- Est-il né complètement aveugle ?
- A quel âge a-t-il perdu la vue ?
- Y a-t-il eu inflammation des paupières ?
- Y a-t-il eu accident ?
- Les soins ont-ils été donnés immédiatement ?
- Par qui les soins ont-ils été donnés ?
- Quelle est la maladie reconnue par le médecin ?

OBSERVATIONS :

3° SERVICE DENTAIRE

Nom :

Diagnostic

Formule dentaire

Anomalies

Hérédité :
Traitement :
Opérations :

OBSERVATIONS :

Le docteur s'attache avec le plus grand soin à préserver, conserver, améliorer les dentitions de nos pupilles, de ceux surtout que les diathèses, les maladies constitutionnelles, les maladies spécifiques héréditaires ou acquises ont fatalement voués à un état de moindre résistance.

La préservation est du ressort de l'hygiène. Le docteur prescrit les soins buccaux (brossage énergique des dents avec une brosse dure chargée d'une poudre détersive, emploi du cure-dents, de liquide antiseptique);

Les moyens de conservation préconisés visent les soins donnés à la dent malade, l'obturation de la carie, la restitution des fonctions de l'organe;

Enfin l'amélioration de la dentition s'obtient par l'amélioration même du sujet. Aussi le docteur prescrit-il avec insistance les glycérophosphates pour favoriser la calcification du squelette en général et en particulier des dents, les fortifiants (quinquina, huile de foie de morue) la gymnastique, les exercices en plein air, fortifiants par excellence, qui contribuent à rendre à nos enfants une résistance normale.

4° SERVICE DU DÉVELOPPEMENT PHYSIQUE

DATE	POIDS	TAILLE	DIMENSION de la POITRINE	SPIROMÈTRE	DIMENSIONS				DYNAMOMÈTRE	OBSERVATIONS
					DES ÉPAULES		DES BRAS			
					D	G	D	G		

DÉVELOPPEMENT POUR 9 ANNÉES DE 43 ENFANTS OBSERVÉS EN 5 GROUPES

AGE	NOMBRE	POIDS MOYEN	TAILLE MOYENNE	ACCROISSEMENT MAXIMUM		ACCROISSEMENT MINIMUM		DIMINUTION		OBSERVATIONS
				de poids	de taille	de poids	de taille	de poids	de taille	
		kil. gr.	m. c.	kil. gr.	m. c.	kil. gr.	m. c.	kil. gr.	m. c.	
De 6 à 7 ans.	5	19.000 / 49.000	1.09 / 1.57	36.000	0.57	26.000	0.40	» »	» »	1889 / 1898
De 8 à 9 ans.	6	31.000 / 54.000	1.17 / 1.59	34.000	0.48	28.500	0.27	» »	» »	1889 / 1898
De 10 à 11 ans.	17	27.500 / 51.000	1.26 / 1.56	32.000	0.41	17.000	0.06	» »	» »	1889 / 1898
De 12 à 13 ans.	5	35.000 / 55.000	1.45 / 1.56	27.000	0.31	2.500	0.05	» »	» »	1889 / 1898
De 14, 15, 16 ans	10	43.500 / 55.400	1.49 / 1.57	24.500	0.28	» »	0.02	0.500 »	»	1889 / 1898

Ce tableau indique, par chaque groupe, les accroissements moyens en taille et en poids observés, perdant une période de neuf années, en même temps que les développements maxima et minima.

Des observations ultérieures, que le temps seul permettra de contrôler, établiront les rapports qui peuvent exister entre l'état physiologique de l'enfant et la cause de sa cécité.

Ce livret, que les docteurs tiennent très consciencieusement, pourra fournir, dans quelques années, de précieux renseignements qui seront mis à profit dans l'intérêt de nos pupilles.

L'étude suivante, que nous devons à notre médecin adjoint, en fournira la preuve pour la partie n° 2. Après s'être livré d'abord à des recherches sur l'acuité visuelle de nos élèves et ouvriers, il a recherché les principales causes qui avaient amené la perte plus ou moins complète de la vision et en a fourni le diagnostic.

Recherches sur l'acuité visuelle sur 151 cas observés. — J'ai, dit-il, divisé les élèves et ouvriers de Braille en deux grandes classes :

A. Ceux atteints de cécité absolue, c'est-à-dire ne présentant aucune sensation lumineuse, sont au nombre de 67.

B. Ceux atteints de cécité relative, c'est-à-dire présentant un certain degré d'acuité visuelle, sont divisés en quatre catégories :

    1° Perception de la lumière de l'ophthalmoscope.   23

    2° Perception des mouvements de la main depuis 0ᵐ,50 jus-
        qu'à 6 mètres   15

    3° Pupilles comptant les doigts depuis 0ᵐ,50 jusqu'à 6 mètres.   32

    4° Pupilles lisant le tableau d'Helmotz depuis 1/10 jusqu'à 1/2,
        à la distance de 3 mètres.   14

Il résulte de ce premier examen que, sur 151 examinés, 67 seulement sont atteints de cécité complète, 23 presque complète, soit en tout 90, et que 61, soit les 2/5 des présents jouissent d'une certaine acuité visuelle permettant aux uns de se conduire, aux autres de distinguer les objets environnants, et à quelques-uns même de lire les gros caractères.

Ainsi, chaque pupille ayant son acuité visuelle bien déterminée, il sera possible par le livret de se rendre compte, dans la suite, si elle n'a pas pu être heureusement modifiée en même temps que son état général, grâce à la bonne alimentation et grâce aussi aux mesures d'hygiène qui lui sont prodiguées.

Étiologie. — Il a paru intéressant, poursuit le docteur, de rechercher les principales causes qui ont amené la perte plus ou moins complète de la vision.

La cause la plus fréquente est, sans contredit, l'ophthalmie purulente.

Sur 251 examinés, 108 ont perdu la vue par suite de cette affection.   108 cas.

Puis viennent, par ordre de fréquence :

Cécité congénitale.	52 —
Affections cérébrales : méningite, convulsions	35 —
Scrofule	28 —
Traumatisme	6 —
Conjonctivite granuleuse.	3 —
— diphtéritique	2 —
Autres causes	17 —
Total	251 cas.

Diagnostic. — Les affections oculaires ayant amené la cécité sont très variées. En voici l'énumération :

Staphylome et leucome . .	137	Cataracte.	28
Phtisie ou atrophie du globe.	101	Coloboma de l'iris . . .	11
Atrophie du nerf optique .	50	Énucléation.	10
Buphthalmie.	35		

Les autres affections ayant amené la cécité sont beaucoup moins fréquentes. La nomenclature en est consignée dans un tableau que nous en avons dressé, de même que l'étiologie pour chacune de ces affections.

CHAPITRE VII

BUDGET DE L'ÉTABLISSEMENT

SES RESSOURCES FINANCIÈRES

Le département de la Seine a entièrement à sa charge le budget de l'établissement.

Il y a lieu cependant de tenir compte de la subvention fournie par le budget de la ville de Paris qui s'élève annuellement à la somme de 30,000 francs, de relever le prix des rares pensions des élèves libres, et enfin de rappeler que la somme totale des dépenses doit être diminuée du chiffre des recettes provenant de la vente des objets fabriqués par les ateliers.

Ce chiffre qui va grossissant, année par année, figure au tableau porté dans le paragraphe ci-après : *Résultats obtenus.*

CHAPITRE VIII

AVANTAGES OFFERTS AUX AVEUGLES

Les aveugles des Établissements Braille sont les pupilles préférés du Conseil général. Il veut leur faire oublier leur terrible infirmité, les mettre à même de se rendre utiles à eux-mêmes, à la société et leur éviter tout découragement.

Maison des ouvriers majeurs. — Vue extérieure,

Aussi, pour leur procurer les matières premières propres à leur industrie, pour faciliter l'écoulement de leurs produits, une administration prévoyante s'étudie-t-elle à réclamer, et obtient-elle sans peine, le concours et la collaboration de tous.

Les administrations publiques, les gros commerçants, les particuliers n'hésitent jamais, dès qu'ils en sont sollicités, à devenir les clients de la maison; et il est bon de rappeler que nos collègues du Conseil général, les collaborateurs de l'École, se font le doux devoir de se constituer les commis voyageurs, les placiers du travail de ces petits et intéressants ouvriers.

Ce travail étant donc assuré, sans chômage, et son produit étant toujours écoulé, l'incertitude du lendemain n'est pas connue à l'École.

Chacun peut, à l'avance, estimer le montant annuel de son salaire, calculer ses dépenses probables, prévoir l'époque où l'âge commandera le repos et assurer sa vieillesse par l'épargne.

Dépenses de nourriture, d'entretien et dépenses diverses. — L'ouvrier aveugle mineur prend ses repas au réfectoire à des prix très réduits; il s'approvisionne à l'École d'habits, de linge, de chaussures, de combustible et en bénéficiant des marchés passés par l'Établissement.

L'ouvrier majeur jouit des mêmes avantages que le mineur, avec cette différence, qu'il use d'une plus grande liberté après le repas du soir, qu'il ne couche pas en dortoir, qu'il dispose, à titre gratuit, d'une chambre s'il est célibataire, d'un logement s'il est marié et qu'il peut, à sa guise, prendre ses repas au réfectoire commun ou dans sa chambre.

L'ouvrier majeur a encore le libre emploi de son salaire qu'il reçoit chaque mois, défalcation faite de ses dépenses et du 5 pour 100 brut affecté à la constitution de sa

Logement de majeure. — Vue intérieure. (Tirée du *Monde moderne*.)

pension de retraite, tandis que l'ouvrier mineur se contente d'en faire état, de l'accumuler, partie pour l'acquisition de son mobilier et de son trousseau à l'époque de sa majorité, partie pour le fonds principal de sa pension de retraite.

Pensions viagères et secours éventuels. — Constitution et emploi d'un fonds de prévoyance. — Les pupilles de l'École Braille devant être conservés dans ses établissements jusqu'au moment où l'âge ou les maladies les condamneraient au repos, les membres de la Société d'assistance pour les aveugles et de la commission de surveillance et de perfectionnement de l'École ont voulu leur assurer des moyens d'existence pour leurs vieux jours, ou leur venir en aide dans les cas de maladie.

A cet effet, ils ont proposé au Conseil général et à l'administration un règlement qui, adopté en séance publique le 3 juillet 1895, a été approuvé, par arrêté préfectoral, le 25 octobre suivant.

L'article premier édicte qu'il sera ouvert, par les soins du trésorier de la Société d'assistance pour les aveugles, sur les livres de la Société, un compte dit : Secours et pensions viagères aux ouvriers et ouvrières de l'Ecole Braille.

L'article 2 énumère les moyens employés pour alimenter ce compte :

§ 1, par le montant des prix, récompenses, dons accordés aux élèves et ouvriers par le département, la Société d'assistance et les bienfaiteurs;

§ 2, par le reliquat net des salaires des ouvriers qui n'ont pas atteint leur majorité;

§ 3, par un prélèvement sur le salaire des ouvriers majeurs dont le minimum est fixé au vingtième des salaires, chiffre brut.

L'article 4 règle le mode de tenue du livret de l'ouvrier pour la constatation de ses versements et le règlement de sa pension de retraite.

L'article 7 prévoit les cas où le pensionnaire décédé laisse un conjoint avec ou sans enfants mineurs.

Il assure à l'époux survivant la possibilité d'une pension et en accorde toujours une aux enfants mineurs de dix-huit ans.

L'article 9 dit que des secours éventuels pourront être accordés par le Conseil et la commission de surveillance en cas de maladie de l'ouvrier ou de la famille qu'il se sera créée ou quand sa situation paraîtra particulièrement intéressante.

CHAPITRE IX

CONCLUSIONS. — RÉSULTATS OBTENUS. — TABLEAU DE VENTE.

L'École n'ayant que quinze années d'existence, son personnel ouvrier étant encore très jeune, ses ateliers n'ayant commencé à fonctionner qu'à partir de l'année 1890, il n'est guère possible, sans provoquer des critiques dont on saurait d'ailleurs tirer profit, d'affirmer le succès certain de cette œuvre.

Mais il est permis de prétendre qu'il n'est plus possible de dire que les projets de la Société d'assistance et du Conseil général étaient irréalisables.

Il n'y a qu'à mesurer le chemin parcouru, qu'à se rappeler le but poursuivi :

Supprimer chez l'aveugle indigent, valide, la mendicité; faire de lui un être utile à lui-même et à la société; l'éduquer, l'instruire, le préparer, suivant son aptitude individuelle, à l'exercice d'un métier manuel.

Une simple visite dans les classes et les ateliers de l'École, la lecture du tableau ci-après qui consigne les résultats obtenus dans les ateliers fourniront la réponse.

Vente des objets fabriqués dans les ateliers de l'École Braille depuis leur ouverture.

ANNÉES	CHIFFRE DES RECETTES	OBSERVATIONS
1890.	6.346,97	
1891.	23.461,13	
1892.	35.360,21	
1893.	46.040,00	
1894.	80.573,23	
1895.	110.530,84	
1896.	131.772,25	
1897.	148.862,92	
Totaux. . .	582.947,35	

TABLE DES MATIÈRES

Pages.

Chapitre premier.— **HISTORIQUE.**   7

Chapitre II. — ORGANISATION.

Bâtiments 31
Administration. Commission de surveillance et de perfectionnement. 33
Personnel 33
Population 37
Conditions d'admission. Prix de pension. . 37
Uniforme. Costume d'intérieur 38
Régime alimentaire 39
Discipline 39
Éducation physique. Hygiène 40
Éducation musicale 41

Chapitre III.
MÉTHODES EN USAGE A L'ÉCOLE.
CONSIDÉRATIONS GÉNÉRALES.

Éducation 44
Exercices de langage 45
Écriture 47
Calcul 47
Histoire 47
Géographie 47
Leçons de choses 47
Développement des sens 48
Cours normal 48
Éducation morale 51

Chapitre IV.
ENSEIGNEMENT PROFESSIONNEL.
CONSIDÉRATIONS GÉNÉRALES

Étude sur l'École Braille et ses ateliers . . . 53
Durée des Études 63
Horaire 63

Pages

Chapitre V.
LIVRES. — MOBILIER SCOLAIRE.
MUSÉE

Livres 65
Cartes de Géographie 65
Cartes pour apprendre l'Histoire 66
Enseignement du calcul 66
Musée 66
Tables de classe 66
Machine écrivant simultanément les lettres
vulgaires et le point Braille 67

Chapitre VI. — SERVICE MÉDICAL.

Infirmerie 69
Livret médical 70
Recherches sur l'acuité visuelle 71
Étiologie 72
Diagnostic 72

Chapitre VII.
BUDGET DE L'ÉTABLISSEMENT.

Ressources financières 73

Chapitre VIII.
AVANTAGES OFFERTS AUX AVEUGLES.

Dépenses de nourriture, d'entretien et dépenses diverses 74
Pensions viagères et secours éventuels. —
Constitution et emploi d'un fonds de
prévoyance 75

Chapitre IX.
CONCLUSIONS. — RÉSULTATS OBTENUS.
TABLEAU DE VENTE

GRAVURES

	Pages.
M. Alphonse PÉPHAU	5
Léon GAMBETTA	8
Charles LEPÈRE	9
Le berceau de l'École à Maisons-Alfort	10
Victor HUGO	11
Jean MACÉ	11
Deuxième installation, Paris, 152, rue de Bagnolet. Réception, par le fondateur et le personnel de l'École, de **M. Henry Marsoulan**	13
Vue des ateliers embryonnaires	13
Vue de la façade extérieure	14
M. SARRIEN	14
Eugène SPULLER	15
Installation définitive à Saint-Mandé. Cour d'honneur de l'École	17
Sadi CARNOT	18
Général BRUGÈRE	19
Enfants et ouvriers en costume de gymnastique	20
Aux Quinze-Vingts. Pavillon d'isolement	21
Saint-Mandé. Vue extérieure des ateliers	22
Dr Théophile ROUSSEL	22
Bas-relief de **Daniel Dupuis**	23
M. Louis BARTHOU	25
M. Félix FAURE	26
Mlle Lucie F. FAURE	27
M. Louis LE GALL	28

	Pages.
M. BLONDEL	28
Façade de l'École maternelle	31
M. WALDECK-ROUSSEAU	32
Façade des Services généraux	33
Vue d'ensemble des nouvelles constructions	35
Garçons et Filles en uniforme	38
Leçon de gymnastique	40
Examen de fin d'année. Jury de musique	41
Classe de lecture à l'École maternelle	44
Louis BRAILLE	45
Valentin HAÜY	45
Conférence pédagogique faite au personnel de l'école	48
Une leçon d'histoire naturelle	49
Classe de travaux manuels à l'École maternelle	52
Une leçon de géographie	57
Atelier de cannage et de paillage	59
Atelier de vannerie	61
Atelier de brosserie	62
Atelier de perles	62
Magasin de dépôt de l'atelier de brosserie	63
Diplôme d'ouvrier	67
Machine **Saint-Gorgon**	68
Visite des docteurs à l'infirmerie	69
Maison de majeurs (vue extérieure)	74
Logement de majeure (vue intérieure)	75

Paris. — Imprimerie Larousse, 17, rue Montparnasse.

9 782014 465365